温莎的风流娘儿们

【英】莎士比亚 著
朱生豪 译
朱尚刚 审订

中国青年出版社

献 辞

谨以此书献给

父亲朱生豪诞辰100周年！

——朱尚刚

本书系

朱尚刚先生推荐的

莎士比亚戏剧朱生豪原译本

目录

出版说明 / IX

《莎剧解读》序（节选）（张可、王元化） / XII

莎氏剧集单行本序（宋清如） / XV

剧中人物 / 1

第一幕 / 3

第一场 温莎；裴琪家门前 /4

第二场 同前 /17

第三场 嘉德饭店的一室 /18

第四场 凯易斯医生家中一室 /23

第二幕 /31

第一场 裴琪家门前 /32

第二场 嘉德饭店中之一室 /42

第三场 温莎附近的野地 /55

第三幕 /59

第一场 弗劳莫附近的野地 /60

第二场 温莎街道 /66

第三场 傅德家中一室 /71

第四场 裴琪家中一室 /83

第五场 嘉德饭店中的一室 /89

第四幕 /96

第一场 街道 /97

第二场 傅德家中一室 /98

第三场 嘉德饭店中的一室 /109

第四场 傅德家中一室 /110

第五场 嘉德饭店中的一室 /114

第六场 嘉德饭店中的另一室 /120

第五幕 /123

第一场 嘉德饭店中的一室 /124

第二场 温莎公园 /126

第三场 温莎街道 /127

第四场 温莎公园 /129

第五场 公园中的另一部分 /130

附 录 /143

关于“原译本”的说明（朱尚刚） /144

译者自序（朱生豪） /147

出版说明

莎士比亚戏剧朱生豪原译本
珍藏全集

“莎士比亚戏剧朱生豪原译本珍藏全集”丛书，其中27部是根据1947年（民国三十六年）世界书局出版、朱生豪翻译的《莎士比亚戏剧全集》（三卷本）原文，四部历史剧（《约翰王》、《理查二世的悲剧》、《亨利四世前篇》、《亨利四世后篇》）是借鉴1954年作家出版社出版、朱生豪翻译的《莎士比亚戏剧集》（十二），同时参考其手稿出版的。

朱生豪翻译莎士比亚戏剧以“保持原作之神韵”为首要宗旨。他的译作也的确实现了这个宗旨，以其流畅的译笔、华赡的文采，保持了原作的神韵，传达了莎剧的气派，被誉为翻译文学的杰作，至今仍受到读者的热烈欢迎和学界的高度评价。许渊冲曾评价说，二十世纪我国翻译界可以传世的名译有三部：朱生豪的《莎士比亚全集》、傅雷的《巴尔扎克选集》和杨必的《名利场》。

于是，朱生豪译本成为市场上流通最广的莎剧图书，发行量达数千万册。但鲜为人知的是，目前市场上有几十种朱译莎剧的版本，虽然都写着“朱生豪译”，但所依据的大多是人民文学出版社 1978 年的“校订本”——上世纪 60 年代初期，人民文学出版社组织一批国内一流专家对朱生豪原译本进行校订和补译，1978 年出版成“校订本”——经校订的朱译莎剧无疑是对原译本的改善，但在某种意义上来说，校订者和原译者的思维定式和语言习惯不同，因此经校订后的译文在语言风格的一致性等方面受到了影响，还有学者对某些修改之处也提出存疑，尤其是以“职业翻译家”的思维方式，去校订和补译“文学家翻译”的译本语言，不但改变了朱生豪原译之味道，也可能在一定程度上影响了莎剧“原作之神韵”的保持。

当流行的朱译莎剧都是“被校订”的朱生豪译本时，时下读者鲜知人文校订版和“朱生豪原译本”的差别，错把冯京当马凉，几乎和本色的朱生豪译作失之交臂。因此，近年来不乏有识之士呼吁：还原朱生豪原译之味道，保持莎剧原作之神韵。

中国青年出版社根据朱生豪后人朱尚刚先生推荐的原译版本，对照朱生豪翻译手稿进行审订，还原成能体现朱生豪原译风格、再现朱译莎剧文学神韵的“原译本”系列，让读者能看到一个本色的朱生豪译本（包括他的错漏之处）。

1947 年（民国三十六年），世界书局首次出版朱生豪译的《莎士比亚戏剧全集》时，曾计划先行出版“单行本”系列，朱生豪夫人宋清如女士还为此专门撰写了“单行本序”，后因直接出版了三卷本的“全集”，未出单行本而未采用。2012 年，朱生豪诞辰 100 周年之际，经朱尚刚先生授权，以宋清如“单行本序”为开篇，中国青年出版社“第一次”把朱生豪原译的 31 部莎剧都单独以“原译名”成书出版，制作成“单行本珍藏全集”。

谨以此向“译界楷模”朱生豪 100 周年诞辰献上我们的一份情意！

2012 年 8 月

《莎剧解读》序（节选）

我们在翻译中，首先碰到的问题就是评论中所引用的莎士比亚原文，究竟由我们自己翻译出来，还是借用接任已有的翻译。我们决定借用别人的译文。当时译出的莎剧已经不少，译者大多都是名家，但我们毫不迟疑地选择了朱生豪的译本。朱的译本于抗战时期在世界书局出版，装订为三厚册。他翻译此书时，年仅三十多岁。他不顾当时环境艰苦，条件简陋，以极大的毅力和热忱，完成了这项难度极高的巨大工程，真是令人可敬可服。一九五四年，人民文学出版社将它再版重印，分为十二册，文字没有作什么更动，只是将有些剧本的名字改得朴素一点。我们在翻译莎剧评论时，所援引的原著译文就是根据这一版本。当时我见到主持出版社工作的老友适夷，对他说，他办了一件好事。不料后来，出版社却把这一版本停了，改出新的版本。新版本补充了朱生豪未译的几个历史剧，而对朱译的其他各剧，则请人再据原文校改。校改者虽然大多尊重原译，但是在个别文字上也作了不少订正。从个别字汇来看，不能说这些订正不对，校改者所订正的某些字，确实比原译更确切。但从整体来看，还有原译的精神面貌问题，即传神达旨的问题必须加以考虑。拘泥原著每个字的准确性，不一定就更能传达原著的总体精神面貌。相反，有时甚至可能会损害原著的整体精神。我国古代文论中，刘勰有所谓“谨发而易貌”的说法，即是指此。这意思是说，画家倘拘泥于去画人的每根头发，反而是会使人的面貌走样。汤用彤曾说魏晋识鉴在神明。从那时起我国审美趣味十分重视传神达旨。刘知几《史通》区分了貌同心异与貌异心同两种不同的模拟，认为前者为下，后者为上，也是阐明同一道理。过去我们的翻译理论强调直译，这在一定时期（或在纠正不负责任随心所欲的意译之风时）是必要的，但如果强调过头，忽略传神达旨的重要，那也成为另一种一偏之见了。朱译在传神达旨上可以说是首屈一指的，所以我们翻译莎剧评论引用原剧文字时，仍用未经动过的朱译。我们准备这样做也得到了满涛的同意。后来他在翻译中倘遇到莎剧文字，也同样援用一九五四年出的朱译本子。直到后来，我才知道，朱生豪和我少年时代的老师任铭善先生是大学的同学而且友善，二人在校时即同组诗社唱和。有趣的是任先生学的是外文，后来却弃外文而专攻国学；而朱生豪在校时，读的是中文，后来却弃中文而投身莎士比亚的翻译。朱的译文，不仅优美流畅，而且在韵味、音调、气势、节奏种种行文微妙处，莫不令人击节赞赏，是我读到莎剧中译的最好译文，迄今尚无出其右者。

（此部分摘录自歌德等著，张可、王元化译的《莎剧解读》，经王元化家属桂碧清女士特别授权使用。）

莎氏剧集单行本序[1]

文 / 宋清如

盖惟意志坚强，识见卓越之士，为能刻苦淬砺，历艰难而不退，守困穷而不移，然后成其功遂其业。吾于生豪之译莎氏剧本全集，亦不得不云然。余识生豪久，知生豪深，洞悉其译莎剧之始末。且大部之成，余常侍其左右，故每念其沥尽心血，未及完工，竟以身殉，恒不自禁其哀怨之切也。

生豪秀水人，幼具异禀，早失怙恃，性情温和若女子。然意志刚强，识见卓越，平生无嗜好，洁身自爱，不屑略涉非礼，颇有伯夷之风。年十八卒业于邑之秀州中学，入杭州之江大学工国文英文两科，师友皆目为杰出之人才。卒业后于世界书局任英文编辑，每公事毕辄浏览群书，尤嗜诗歌。后乃悉心研究莎氏剧本，从事移植。尝谓莎翁著作足以冠盖千古，超越千古，而我国至今尚无全集之译本，诚足令人齿

---

① 1947 年世界书局曾经考虑在出版三卷本的《莎士比亚戏剧全集》前先出系列单行本，为此宋清如女士专门拟写了序。后来世界书局没有出单行本，直接出全集了，这篇序也就没有采用。经朱尚刚先生授权，首次在珍藏版莎士比亚戏剧系列单行本上独家采用。——编者注

冷。余决勉为其难，一洗此耻。其译作之经过，略见于其自序。厥后因用心过度，精神日损而贫困日甚。译事伤其神，国事家事短其气，而孜孜矻矻工作益勤，操心益苦。不幸竟于三十三年六月肺疾加剧，委顿床席，奔走无方，医药不继，终致于十二月廿六日未时谢世，年仅三十又四[①]。莎剧全集尚缺五本又半，抱志未酬，哀哉痛哉！

生豪喜诗歌，早年著作均失于战火。尝自辑其旧体诗歌，釐为四卷，分歌行、漫越、长短句及译诗，而命之谓《古梦集》。新体诗则有《小溪集》、《丁香集》等。皆于中美日报馆被占时失去。今所存仅少数新诗耳。

自致力译莎工作以后，绝少写作。良以莎翁作品使之心醉神往，反觉己之粗疏浅陋，不能自惬于怀。尝拟于莎剧全集译竣而后，再译莎翁十四行诗。不意大业未就，遽而弃世。才人命蹇，诚何痛惜！生豪于中国诗人中，酷爱渊明，盖其恬淡之性，殊多同趣也。至于译笔之优劣短长，自有公论，余不欲以偏见淆其面目也。

---

① 朱生豪生于1912年2月（阴历为壬子年12月），1944年12月去世，去世时是32周岁，但若按阴历虚岁计算的话，就是34岁。——编者注

剧中人物

约翰·福斯泰夫爵士

范通——少年绅士

夏禄——乡村法官

史量德——夏禄的侄儿

傅德
裴琪 }——温莎地方的两个绅士

裴威廉——裴琪的幼子

修伊文师父——威尔斯籍牧师

凯易斯大夫——法国籍医生

嘉德饭店的店主

巴道夫
毕斯托
聂姆 }——福斯泰夫的从者

罗宾——福斯泰夫的侍童

辛普儿——史量德的仆人

鲁贝——凯易斯的仆人

傅大娘

裴大娘

裴安痕——裴琪的女儿，与范通相恋

快嘴桂嫂——凯易斯的女仆

裴傅两家的仆人及其他

地点

温莎及其附近

第一幕

她们一个是东印度，一个是西印度，我就在这两地之间开辟我的生财大道。

第一场　温莎；裴琪家门前

【夏禄法官，史量德，及修伊文牧师上。

夏　修师父，别劝我，我一定要告到御前法庭里去；就算他是二十个约翰·福斯泰夫爵士，他也不能欺侮夏禄夏老爷。

史　夏老爷是葛罗斯脱州的治安法官，那个不知，谁人不晓？牧师先生，我告诉您吧，他出身就是个绅士，签起名字来，总是要加上大人两个字，无论什么公文笔据账单契约，写起来总是夏禄大人。

夏　对了，这三百年来，一直都是这样。

史　他的子孙在他以前就是这样了，他的祖宗在他以后也可以这样；他们家里那件绣着十二条白梭子鱼的外套可以作为证明。

夏　那是一件古老的外套。

修　一件古老的外套上有着十二条白虱子，那真是相得益彰了；白虱是人类的老朋友，也是亲爱的象征。

可是闲话少说，要是福斯泰夫爵士有什么地方得罪了您，我是个出家人，方便为怀，很愿意尽力替你们两位和解和解。

夏　我要把这事情向枢密院提出，这简直是暴动。

修　不要把暴动的事情告诉枢密院，暴动是不敬上帝的行为。枢密院希望听见人民个个敬畏上帝，不欢喜听见有什么暴动；您还是考虑考虑吧。

夏　嘿！他妈的！我要是再年轻点儿，一定用刀子跟他解决。

修　冤家宜解不宜结，还是大家和和气气的好。我脑袋里还有一个计划，要是能够成功，倒是一件美事。裴琪大爷有一位女儿叫裴安痕，她是一个缥致的姑娘。

史　裴安痕小姐吗？她有一头棕色的头发，说起话来细声细气像个娘儿似的。

修　正是这位小姐，全世界找不出第二个来了。她的爷爷在临死的时候，——上帝接引他上天堂享福！——给她七百镑钱，还有金子银子，等她满了十七岁，这笔财产就可以到她手里。我们现在还是把那些吵吵闹闹的事情搁在一旁，想法子替史少爷和裴小姐作个媒吧。

夏　她的爷爷传给她七百镑钱吗？

修　是的，还有她父亲给她的钱。

夏　这姑娘我也认识，她的人品倒不错。

修　七百镑钱还有其他的嫁奁，那还会错吗？

夏　好，让我们去瞧瞧裴大爷吧。福斯泰夫也在里边吗？

修　我要对您说谎吗？我顶讨厌的就是说谎的人，正像我讨厌说假话的人，或是不老实的人一样。约翰爵士是在里边，请您看在大家朋友分上，耐着点儿吧。让我去打门。（敲门）喂！有人吗？上帝祝福你们这一家！

裴琪　（在内）谁呀？

修　上帝祝福你们，是您的朋友，还有夏禄法官和史量德少爷，我们要跟您谈些事情，也许您听了会高兴的。

【裴琪上。

裴　我很高兴看见你们各位的气色都是这样好。夏老爷，我还要谢谢您的鹿肉呢！

夏　裴大爷，我很高兴看见您，您心肠好，福气一定也好！鹿肉弄得实在不成样子，您别见笑。嫂夫人好吗？——我从心坎儿里谢谢您！

裴　我才要谢谢您哪。

夏　我才要谢谢您；干脆一句话，我谢谢您。

裴　史少爷，我很高兴看见您。

史　裴大叔，您那头黄毛的猎狗怎么样啦？听说它在最近的赛狗会里跑不上人家，有这回事吗？

裴　那可不能这么说。

史　您还不肯承认，您还不肯承认。

夏　他当然不肯承认的；这是你的不好，这是你的不好。那是一头好狗哩。

裴　是头不中用的畜生。

夏　不，它是头好狗，很漂亮的狗；那还用说吗？它又好又漂亮。福斯泰夫爵士在里边吗？

裴　他是在里边；我很愿意给你们两位彼此消消气。

修　真是一个好基督徒说的话。

夏　裴大爷，他侮辱了我。

裴　是的，他自己也有几分认错。

夏　认了错不是就算完了事呀，裴大爷，您说是不是？他侮辱了我；真的，他侮辱了我；一句话，他侮辱了我；你们听着，夏禄老爷说，他给人家侮辱了。

裴　约翰爵士来啦。

【福斯泰夫爵士，巴道夫，聂姆，毕斯托上。

福　喂，夏老爷，您要到王上面前去告我吗？

夏　爵士，你打了我的用人，杀了我的鹿，闯进我的屋子里。

福　可是没有香过你家看门人女儿的脸吧？

夏　他妈的，什么话！我一定要跟你算账。

福　明人不作暗事，这一切事都是我干的。现在我回答了你啦。

夏　我要告到枢密院里去。

福　你要是不怕人家笑话你，你就告去吧。史量德，我要捶碎你的头；你也想跟我算账吗？

史　呃，爵士，我也想跟您还有您那几位流氓跟班，巴道夫，聂姆，和毕斯托，算一算账呢。他们带我到酒店里去，把我灌了个醉，偷了我的皮夹子去。

巴　你这又酸又臭的干酪！

史　好，随你说吧。

毕　喂，枯骨鬼！

史　好，随你说吧。

聂　喂，风干肉片！这别号我给你取得好不好？

史　我的跟班辛普儿呢？叔叔，您知道吗？

修　请你们大家别闹，让我们看：关于这一场争执，已经有了三位公正人，第一位是裴琪大爷，第二位是我自己，第三位也就是最后一位，是嘉德饭店的老板。

裴　咱们三个人要听一听两方面的曲直，替他们调停出一个结果来。

修　很好，让我先在笔记簿上把要点记录下来，然后我们可以仔细研究一个方案出来。

福　毕斯托！

毕　他用耳朵听见了。

修　见他妈的鬼！这算什么话，“他用耳朵听见了？”嘿，这简直是矫揉造作。

福　毕斯托，你有没有偷过史量德少爷的钱袋？

史　凭着我这双手套起誓，他偷了我七个六辨士的锯边银币，还有两个爱德华朝的银币，我用每个两先令两辨士的价钱去换来的。倘然我冤枉了他，我就不姓史。

福　毕斯托，这是真的吗？

毕　主人，我用这柄剑向他挑战。赶快给我说你认错了人！你这不中用的人渣，你在说诳！

史　那么我赌咒一定是他。

聂　说话留点儿神吧，朋友，大家客客气气。你要是想在太岁头上动土，咱老子可也不是好惹的。

史　凭着这顶帽子起誓，那么一定是那个红脸孔的家伙偷的。我虽然不记得我给你们灌醉以后做了些什么事，可是我还不是头十足的驴子哩。

福　你怎么说，红脸孔？

巴　我说，这位先生一定是喝酒喝昏了头啦。

史　好，随你们怎么说吧，我以后再不喝醉了；我要是喝酒，一定跟规规矩矩敬重上帝的人在一起喝，决不再跟这种坏东西在一起喝了。

修　好一句有志气的话！

福　各位先生，你们已经听见什么都否认了，你们都已经听见了。

【裴安痕持酒具，及傅大娘，裴大娘同上。

裴　不，女儿，你把酒拿进去，我们就在里面喝酒。（安下）

史　天啊！这就是安痕小姐。

裴　您好，傅嫂子！

福　傅大娘，我今天能够碰见您，真是三生有幸；恕我冒昧，好嫂子。（吻傅妻）

裴　娘子，请你招待招待各位客人。来，我们今天烧好一盘滚热的鹿肉馒头，要请诸位尝尝新。来，各位朋友，我希望大家一杯在手，旧怨全忘。（除夏、史、修外皆下）

史　要是现在有人给我四十个先令，我宁愿有一本诗集在手里。

【辛普儿上。

史　啊，辛普儿，你到那儿去了？难道我必须自己服侍自己吗？你有没有把那本猜谜的书带来？

辛　猜谜的书！怎么，您不是在上一次万圣节时候，迈克尔节的前两个星期，把它借给矮饽饽爱丽思了吗？

夏　来，侄儿；来，侄儿，咱们等着你哪。侄儿，我有句话要对你说，是这样的，侄儿，刚才修师父曾经提起过这么一个意思；你懂得我的意思吗？

史　嗯，叔叔，我是个好说话的人；只要是合理的事，我总是愿意的。

夏　不，你听我说。

史　我在听着您哪，叔叔。

修　史少爷，听好他的意思；您要是愿意的话，我可以把这件事情向您解释。

史　不，我的夏禄叔叔叫我怎么做，我就怎么做。请您原谅，他是个治安法官，谁人不知，那个不晓？

修　不是这个意思，我们现在所要谈的，是关于您的婚姻问题。

夏　对了，就是这一回事。

修　就是这一回事，我们要给您跟裴小姐作个媒。

史　噢，原来是这么一回事，只要条件合理，我是总可以答应娶她的。

修　可是您能不能欢喜这一位姑娘呢？我们必须从您自己嘴里知道您的意思，所以请您明明白白回答我们，您能不能对这位姑娘发生好感呢？

夏　史量德贤侄，你能够爱她吗？

史　叔叔，我希望我总是照着道理做去。

修　嗳哟，天上的爷爷奶奶们！您一定要讲得明白点儿，您想不想要她？

夏　你一定要明明白白的讲。要是她有很丰盛的嫁奁，你愿意娶她吗？

史　叔叔，您叫我做的事，只要是合理的，比这更重大的事我也会答应下来。

夏　不，你得明白我的意思，好侄儿；我所做的事，完全是为了你的幸福。你能够爱这姑娘吗？

史　叔叔，您叫我娶她，我就娶她；也许在起头的时候彼此之间没有多大的爱情，可是结过了婚以后，大家慢慢儿的互相熟悉起来，日久生厌，也许爱情会自然而然地一天不如一天。可是只要您说一声“跟她结婚”，我就跟她结婚，这是我的不可动摇的决心。

修 这是一个很明理的回答，虽然措辞有点不妥，他的意思是很好的。

夏 嗯，我的侄儿的意思是很好的。

史 要不然的话，我就是个该死的畜生了！

夏 安痕小姐来了。

【裴安痕重上。

夏 安痕小姐，为了您的缘故，我但愿自己再年青起来。

安 酒菜已经预备好了，家父叫我来请各位进去。

夏 我愿意奉陪，好安痕小姐。

修 嗳哟！念起餐前祈祷来，我可不能缺席哩。（夏、修下）

安 史世兄，您也进去吧。

史 不，谢谢您，真的，托福托福。

安 大家都在等着您哪。

史 我不饿，我真的谢谢您。喂，你虽然是我的跟班，还是进去伺候我的夏禄叔叔吧。（辛下）一个治安法官一定得有个跟班，才不失体面。现在家母还没有死，我随身只有三个跟班一个书童，可是这算得上什么呢？我的生活还是过得一点也不舒服。

安　您要是不进去，那么我也不能进去了；他们都要等您到了才坐下来呢。

史　真的，我不要吃什么东西；可是我多谢您的好意。

安　世兄，请您进去吧。

史　我还是在这儿走走的好，我谢谢您。我前天跟一个击剑教师比赛刀剑，三个回合赌一碟蒸熟的梅子，结果把我的胫骨也弄伤了；不瞒您说，从此以后，我闻到烧热的肉味道就受不住。你家的狗为什么叫得这样利害？城里有熊吗？

安　我想是有的，我听见人家讲起过。

史　您要是看见关在笼子里的熊逃了出来，您怕不怕？

安　我怕。

史　我现在可把它当作家常便饭一样没有什么希罕了。我曾经看见巴黎花园里那头著名的撒克逊大熊逃出来二十次，我还亲手拉住它的链条。可是我告诉您吧，那些女人们一看见了，就哭呀叫呀地闹得天翻地覆，实在说起来，也无怪她们受不住，那些畜生都是又难看又粗暴的家伙。

【裴琪重上。

裴　来，史少爷，来吧，我们等着您哪。

史　我不要吃什么东西，我谢谢您。

裴　这怎么可以呢？您不吃也得吃，来，来。

史　那么您先请吧。

裴　您先请。

史　安痕小姐，还是您先请。

安　不，您别客气了。

史　真的，我不能走在你们前面；真的，那不是太无礼了吗？

安　您何必这样客气呢？

史　既然这样，与其让你们讨厌，还是失礼的好。你们可不能怪我放肆呀。（同下）

第二场 同前

【修牧师及辛普儿上。

修　你去打听打听，有一个凯易斯大夫住在那儿；他的家里有一个叫做快嘴桂嫂的，是他的看护，或者是他的保姆，或者是他的厨娘，或者是帮他洗洗衣服的女人。

辛　好的，师父。

修　慢着，还有更要紧的话哩。你把这封信交给她，因为她跟裴家小姐是很熟悉的，这封信里的意思，就是要请她代你的主人向裴家小姐传达他的爱慕之忱。请你快点儿去吧，我饭也没有吃完，还有一道苹果跟干酪在后头呢。（各下）

第三场 嘉德饭店的一室

【福斯泰夫，店主，巴道夫，聂姆，毕斯托，及罗宾上。

福　店主东！

店主　怎么说，我的老狐狸？

福　不瞒你说，我要辞掉一两个跟班啦。

店主　好，叫他们滚蛋，骨落落，骨落落。

福　净是坐着吃饭，我一个星期也要花上十镑钱。

店主　当然啰，你就像个皇帝，像个该撒。我可以把巴道夫收留下来，让他做个酒保，你看好不好？

福　老板，那好极啦。

店主　那么就这么办，叫他跟我来吧。（下）

福　巴道夫，跟他去。酒保也是一种很好的行业。旧外套可以改做新褂子；一个不中用的跟班，也可以变成一个出色的酒保。去吧，再见。

巴　这种生活我正是求之不得，我一定会从此交运。

毕　哼，没出息的东西！你要去开酒桶吗？（巴下）

福　我很高兴把这火种这样打发走了；他的偷窃太公开

啦，他在偷偷摸摸的时候，就像一个不会唱歌的人一样，一点不懂得轻重快慢。

聂　做贼的唯一妙诀，是看准下手的时刻。

毕　聪明的人把它叫做“不告而取”。“做贼！”啐！好难听的话儿！

福　孩儿们，我快要穷得鞋子都没有后跟啦。

毕　好，那么就让你的脚跟上长起老大的冻疮来吧。

福　没有法子，我必须想个办法，捞一些钱来。

毕　小乌鸦们不吃东西也是不行的呀。

福　你们有谁知道本地有一个叫傅德的家伙？

毕　我知道那家伙，他很有几个钱。

福　我的好孩儿们，现在我要把我的计划告诉你们。我想去吊傅德老婆的膀子。我觉得她对我很有几分意思；她跟我讲话的那种口气，给我切肉的那种姿势，还有她那一飘一飘的脉脉含情的眼光，都好像在说，“我的心是福斯泰夫爵士的。”

毕　你果然把她的心理研究得非常透彻，居然把它一个字一个字翻译出来啦。

福　听说她丈夫的钱都是她一手经管的；他有数不清的

钱藏在家里。

毕　财多招鬼忌，咱们应该去给他消消灾；我说，向她进攻吧！

福　我已经写下一封信在这儿预备寄给她；这儿还有一封，是写给裴琪老婆的，她刚才也向我眉目传情，她那双水汪汪的眼睛一霎不霎地望着我身上的各部分，一会儿瞧着我的脚，一会儿瞧着我的大肚子。

毕　正好比太阳照在粪堆上。

聂　这个譬喻譬得好极了！

福　啊！她用贪馋的神气把我从上身望到下身，她的眼睛里简直要喷出火来炙我。这一封信是给她的。她也经管着钱财，她就像是一座取之不竭的金矿。我要去接管她们两人的全部富源，她们两人便是我的两个国库；她们一个是东印度，一个是西印度，我就在这两地之间开辟我的生财大道。你给我去把这信送给裴大娘；你给我去把这信送给傅大娘。孩儿们，咱们从此可以有舒服日子过啦！

毕　你要我给你拉皮条吗？鬼才干这种事！

聂　这种龌龌龊龊的事情我也不干；把这封宝贝信儿拿

回去吧。我的名誉要紧。

福　（向罗宾）来，小鬼，你给我把这两封信送去，小心别丢了。你就像我的一艘快船一样，赶快开到这两座金山的脚下去吧。（罗下）你们这两个混蛋，一起给我滚吧！再不要让我看见你们的影子！像狗一样爬得远远的，我这里容不得你们。滚！这年头儿大家都要讲究个紧缩，福斯泰夫也要学学法国人的算计，留着一个随身的童儿，也就够了。（下）

毕　让饿老鹰把你的心肝五脏一起抓了去！你用假骰子到处诈骗人家，看你作孽到几时！等你有一天穷得袋里一个子儿都没有的时候，再瞧瞧老子是不是一定要靠着你才得活命，这万恶不赦的老贼！

聂　我心里正在转着一个念头，我要复仇。

毕　你要复仇吗？

聂　天日在上，此仇非报不可！

毕　用计策还是用武力？

聂　两样都要用；我先去向裴琪报告有人正在勾搭他的老婆。

毕　我就去叫傅德加倍留神，

说福斯泰夫，那混账东西，

想把他的财产一口侵吞，

还要占夺他的美貌娇妻。

聂 我的脾气想到就做，我要去煽动裴琪，让他心里充满了醋意，叫他用毒药毒死这家伙。谁要是对我不起，让他知道咱老子也不是好惹的。

毕 你就是个天煞星，我愿意跟你合作，走吧。（同下）

第四场 凯易斯医生家中一室

【快嘴桂嫂及辛普儿上。

桂　　喂，鲁贝！

【鲁贝上。

桂　　请你到窗口去瞧瞧看，咱们这位东家有没有来；要是他来了，看见屋子里有人，一定又要给他昏天黑地一顿骂。

鲁　　好，我去看看。

桂　　去吧，今天晚上等我们烘罢了火，我请你喝杯老酒。（鲁下）他是一个老实的听话的和善的家伙，你找不到第二个像他这样的仆人；他又不会说长道短，他的唯一的缺点，就是太喜欢祷告了，他祷告起来，简直像个呆子，可是谁都有几分错处，那也不用说它了。你说你的名字叫辛普儿吗？

辛　　是，人家就是这样叫我。

桂　史量德少爷就是你的主人吗？

辛　正是。

桂　他不是留着一大把胡须的吗？

辛　不，他只有一张小小的白白的脸孔，略微有几根黄胡子。

桂　他是一个很文弱的人，是不是？

辛　是的，可是真要比起力气来，他也不怕人家；他曾经跟看守猎苑的人打过架呢。

桂　你怎么说？——啊，我记起来啦！他不是走起路来大摇大摆，把头抬得高高的吗？

辛　对了，一点不错，他正是这样子。

桂　好，天老爷保佑裴小姐嫁到这样一位好郎君吧！你回去对修牧师先生说，我一定愿意尽力帮你家少爷的忙。安痕是个好孩子，我但愿——

【鲁贝重上。

鲁　不好了，快出去，我们老爷来啦！

桂　咱们大家都要挨一顿臭骂了。这儿来，好兄弟，快快钻进这个壁橱里去。（将辛普儿关在壁橱内）他一会儿就要出去的。喂，鲁贝！喂，你在那里？鲁贝，你去瞧瞧老爷去，他现在还不回来，不知道人好不好。（鲁下，桂唱歌）得儿郎当，得儿郎当……

【凯易斯大夫上。

凯　你在唱些什么？我讨厌这种调调儿。请你快给我到壁橱里去，把一只匣子，一只绿的匣子，找来给我；听好我的话吗？一只绿的匣子。

桂　好，好，我就去给您找来。（旁白）谢天谢地他没有自己去找，要是给他看见了壁橱里有一个小伙子，他一定要暴跳如雷了。

凯　快点，快点，我有要紧的事，就要出去。

桂　是这一个吗，老爷？

凯　对了，给我放在口袋里，快点。鲁贝那个混蛋呢？

桂　喂，鲁贝！鲁贝！

【鲁贝重上。

鲁　有，老爷。

凯　鲁贝，把剑拿来，跟我到宫廷里去。

鲁　剑已经放在门口了，老爷。

凯　我已经耽搁得太久了。——该死！我又忘了！壁橱里还有点儿药草，一定要带去。

桂　（旁白）糟了！他看见了那个小子，一定要发疯啦。

凯　见鬼！见鬼！什么东西在我的壁橱里？——混蛋！狗贼！（将辛普儿拖出）鲁贝，把我的剑拿来！

桂　好老爷，您息怒吧！

凯　我为什么要息怒？嘿！

桂　这个年青人是个好人。

凯　是好人躲在我的壁橱里干甚么？躲在我的壁橱里，就不是好人。

桂　请您别发这么大的脾气。老实告诉您吧，他是修牧师叫他来的。

凯　好。

辛　正是，修牧师叫我来请这位大娘——

桂　你不要说话。

凯　闭你自己的嘴！——你说。

辛　请这位大娘替我家少爷去向裴家小姐说亲。

桂　真的，就只有这么一回事。可是我才不愿多管这种闲事，把手指头伸到火里去呢；又不是跟我有什么相干。

凯　是修牧师叫你来的吗？——鲁贝，拿张纸来。你再等一会儿。（写）

桂　我很高兴他今天这么安静，要是他真的动起怒来，那才会吵得日月无光呢。可是别管他，我一定尽力帮你家少爷的忙；不瞒你说，这个法国医生，我的主人，——我可以叫他做我的主人，因为你瞧，我替他管屋子，还给他洗衣服，酿酒，烘面包，扫地抹桌，烧肉烹茶，铺床叠被，什么都是我一个人做的，——

辛　一个人做这许多事，那真太辛苦啦。

桂　可不是吗？真把人都累死了，天一亮就起身，老晚才睡觉；可是这些话也不用说了，让我悄悄儿的告诉你，你可不许对人家说起，我那个东家他自己也爱着裴家小姐；可是安痕的心思我是知道的，她的心既不在这儿也不在那儿。

凯　猴儿崽子，你去把这封信交给修牧师，这是一封挑战书，我要割断他的喉咙；我要教训教训这个猴儿崽子的牧师，问他以后再多管不管闲事。你去吧，你留在这儿没有好处。哼，我要是不把他的两颗睾丸一起割下来，我就不是个人。（辛下）

桂　唉！他也不过帮他朋友说句话儿罢了。

凯　我可不管；你不是对我说裴安痕一定会嫁给我的吗？哼，我要是不把那个狗牧师杀掉，我就不是个人；我要叫嘉德饭店的老板替我们做公正人。哼，我要是不娶裴安痕为妻，我就不是个人。

桂　老爷，那姑娘喜欢您哩，包您万事如意。人家高兴嚼嘴嚼舌，就让他们去嚼吧。真是哩！

凯　鲁贝，跟我到宫廷里去。哼，要是我娶不到裴安痕为妻，我不把你赶出门，我就不是个人。跟我来，鲁贝。（凯、鲁下）

桂　呸！做你的梦！安痕的心思我是知道的；在温莎地方，谁也没有像我一样明白安痕的心思了；谢天谢地，她也只肯听我的话，别人的话她才不理呢。

范通　（在内）里面有人吗？喂！

桂　谁呀？进来吧。

【范通上。

范　啊，大娘，你好哇？

桂　多承大爷问起，托福托福。

范　有什么消息？安痕小姐近来好吗？

桂　凭良心说，大爷，她真是位又缥致，又端庄，又温柔的好姑娘；范大爷，我告诉您吧，她很佩服您哩，谢天谢地。

范　你看起来我有几分希望吗？我的求婚不会失败吗？

桂　真的，大爷，什么事情都是天老爷注定了的；可是，范大爷，我可以发誓她是爱您的。您的眼皮上不是长着一颗小疙瘩吗？

范　是有颗疙瘩，那便怎样呢？

桂　嗽，这上面就有一段话儿呢。真的，我们这位小安痕就像换了个人似的，我们讲那颗疙瘩足足讲了一点钟。人家讲的笑话一点不好笑，那姑娘讲的笑话才叫人打心窝儿里笑出来。可是我可以跟无论什么人打睹，她是个顶规矩的姑娘。她近来也实在太喜欢一个人发呆了，老是像在想着什么心事似的。至于讲到您，——那您尽管放心吧。

范　好，我今天要去看她。这几个钱请你收下，多多拜托你帮我说句好话。要是你比我先看见她，请你替我向她致意。

桂　那还用说吗？下次要是有机会，我还要给您讲起那个疙瘩哩；我也可以告诉您还有些什么人在转她的念头。

范　好，回头见；我现在还有要事，不多谈了。

桂　回头见，范大爷。（范下）这人是个规规矩矩的绅士，可是安痕并不爱她，谁也不及我更明白安痕的心里了。该死！我又忘了什么啦？（下）

第二幕

我想最好的办法，是假意敷衍他，却永远不让他达到目的。

第一场　裴琪家门前

【裴大娘持书信上。

裴妻　什么！我在年轻貌美的时候，都不曾收到过甚么情书，现在倒有人写起情书来给我了吗？让我看：

“不要问我为什么我爱你；因为爱情虽然会用理智来作疗治相思的药饵，它却是从来不听理智的劝告的。你并不年青，我也是一样；好吧，咱们同病相怜。你爱好风流，我也是一样；哈哈，那尤其是同病相怜。你欢喜喝酒，我也是一样；咱们俩岂不是天生的一对？要是一个军人的爱可以使你满足，那么裴大娘，请你相信我是爱你的。我不愿意说，可怜我吧，因为那不是一个军人所应该说的话；可是我说，爱我吧。愿意为你赴汤蹈火的，你的忠心的武士，约翰·福斯泰夫上。”

嗳哟，万恶的万恶的世界！一个快要老死了的家伙，还要自命风流！真是见鬼！这个酒鬼究竟从我的谈话里抓到了什么出言不检的地方，才敢用这种话儿试探我？我还没有见过他三次面呢！我应该怎样对他说呢？那个时候，上帝饶恕我！我的确是说说笑笑得太高兴了点儿。哼，我要到议会里去上一个条陈，请他们把天下男人一概格杀不论。我应该怎样报复他呢？这一口气是非出不可的。

【傅大娘上。

傅妻 裴嫂子！我正要到您府上来呢。

裴妻 我也正要到您家去呢。您脸色可不大好看呀。

傅妻 那我可不信，我应该满脸红光才是呢。啊，裴嫂子！您给我出个主意吧。

裴妻 什么事，大姊？

傅妻 啊，大姊，我倘不是因为觉得这种事情太不好意思，我就可以贵起来啦！

裴妻 大姊，管他甚么好意思不好意思，贵起来不好吗？是怎么一回事？是怎么一回事？

傅妻 我只要高兴下地狱走一趟，我就可以封爵啦。

裴妻 什么？你在胡说。傅爱丽爵士！现在这种爵士满街都是，你还是不用改变你的头衔吧。

傅妻 废话少说，你读一读这封信；你瞧了以后，就可以知道我怎么可以封起爵来。从此以后，只要我长着眼睛，我要永远瞧不起那些胖子。是那一阵暴风把这条肚子里装满了许多吨油的鲸鱼吹到了温莎的海岸上来？我应该怎样报复他呢？我想最好的办法，是假意敷衍他，却永远不让他达到目的，直等罪恶的孽火把他熔化在他自己的脂油里。你有没有听见过这样的事情？

裴妻 你有一封信，我也有一封信，就是换了个名字！你瞧吧，这是你那封信的孪生兄弟。我敢说他有一千封这样的信写好着，只要在空白的地方填下了姓名，就可以寄给人家；也许还不止一千封，咱们的已经是再版的了。他一定会把这种信刻成板子印起来的，因为他会把咱们两人的名字都放上去，可见他无论刻下了些什么乱七八糟的东西，都会一样不在乎。我要是跟他在一起睡觉，还是让一座山把我压死了吧。嘿，你可以找到二十头贪淫的乌龟，却不容易找到一个规规矩矩的男人。

傅妻　嗳哟，这两封信简直是一个印版里印出来的，同样的笔迹，同样的字句。他到底把我们看做什么人啦？

裴妻　那我可不知道；我看见了这样的信，真有点儿自己不相信自己起来了。以后我一定得留心察看自己的行动，因为他要是不在我身上看出了一点我自己也没有知道的不大规矩的地方，一定不会毫无忌惮到这个样子。

傅妻　哼，我一定要叫他知道个利害。

裴妻　我们一定要向他报复。让我们约他一个日子相会，把他哄骗得心花怒放，然后我们采取长期诱敌的计策，只让他闻到鱼腥气，不让他尝到鱼儿的味道，逗得他馋涎欲滴，饿火雷鸣，吃尽当光，把他的马儿都变卖给嘉德饭店的老板为止。

傅妻　好，为了作弄这个坏东西，我什么恶毒的事情都愿意干，只要对我自己的名誉没有损害。啊，要是我的男人见了这封信，那还了得！他那股醋劲儿才大呢。

裴妻　嗳哟，你瞧，他来啦，我的那个也来啦；他是从来不吃醋的，我也从来不给他一点可以使他吃醋的理由。

傅妻 那你的运气比我好得多啦。

裴妻 我们再商量商量怎样对付这个好色的武士吧。过来。

（二人退后）

【傅德，毕斯托，裴琪，聂姆同上。

傅 我希望不会有这样的事。

毕 希望在有些事情上是靠不住的。福斯泰夫在转你老婆的念头哩。

傅 我的妻子年纪也不小了。

毕 他玩起女人来，不论贵贱贫富老少，在他都是一样。傅德，你可留点儿神吧。

傅 爱上我的妻子！

毕 他心里火一样的热呢。你要是不赶快防备，只怕将来你的头衔不雅。

傅 什么头衔？

毕 忘八哪。再见。偷儿总是乘着黑夜行事的，千万留心门户。走吧，聂姆伍长！裴琪，他说的都是真话，

你不可不信。（下）

傅　（旁白）我必须忍耐一下，把这事情调查明白。

聂　（向裴）这是真的，我不喜欢撒谎。他在许多地方对不起我。他本来叫我把那鬼信送给她，可是我就是真没有饭吃，也可以靠着我的剑过日子。总而言之一句话，他爱你的老婆。我的名字叫做聂姆伍长，我说的话全是真的；我的名字叫聂姆，福斯泰夫爱你的老婆。再见。（下）

裴　（旁白）这家伙缠七夹八的，不知在讲些什么东西！

傅　我要去找那福斯泰夫。

裴　我从来没有听见过这样一个噜哩噜苏莫明其妙的家伙。

傅　要是给我发觉了出来，好。

裴　我就不相信这种狗东西的话。

傅　他的话说得倒是很有理，好。

裴　啊，娘子！

裴妻　官人，你到那儿去？——我对你说。

傅妻　嗳哟，我的爷！你有了什么心事啦？

傅　我有什么心事！我有什么心事？你回家去吧，去吧。

傅妻 真的，你一定又在转着些什么古怪的念头。裴嫂子，咱们去吧。

裴妻 好，你先请。官人，你今天回来吃饭吗？（向傅妻旁白）瞧，那边来的是什么人？咱们可以叫她去带信给那个下流的武士。

傅妻 我刚才还想起过她，叫她去是再好没有了。

【快嘴桂嫂上。

裴妻 你是来瞧我的女儿安痕的吗？

桂 正是呀，请问我们那位好安痕小姐好吗？

裴妻 你跟我们一块儿进去瞧瞧她吧；我们还有很多话要跟你讲哩。（裴妻，傅妻，及桂同下）

裴 傅大爷，您怎么啦？

傅 你听见不听见那家伙告诉我的话？

裴 我听见；你听见不听见还有那个家伙告诉我的话？

傅 你想他们说的话靠不靠得住？

裴 理他呢，这些狗东西！那个武士固然不是好人，可是这两个说他意图勾诱你我妻子的人，都是他的革退的跟班，现在没有事做了，什么坏话都会说得出来的。

傅　他们都是他的跟班吗？

裴　是的。

傅　那倒很好。他是住在嘉德饭店里的吗？

裴　正是。他要是真想勾搭我的妻子，我可以假作痴聋，给他一个下手的机会，看他除了一顿臭骂之外，还会从她身上得到甚么好处。

傅　我并不疑心我的妻子，可是我也不放心让她跟别个男人在一起。一个男人太相信他的妻子，也是危险的。我不愿戴头巾，这事情倒不能就这样一笑置之。

裴　瞧，咱们那位爱吵闹的嘉德饭店的老板来了。他瞧上去这样高兴，倘不是喝醉了酒，定是袋里有了几个钱。——

【店主及夏禄上。

裴　老板，您好？

店主　啊，老狐狸！你是个好人。喂，法官先生！

夏　我在这儿，老板，我在这儿。晚安，裴大爷！裴大爷，您跟我们一块儿去好吗？我们有新鲜的顽意儿看呢。

店主　告诉他，法官先生；告诉他，老狐狸。

夏　那个威尔斯牧师修伊文跟那个法国医生凯易斯要有一场决斗。

傅　老板，我跟您讲句话儿。

店主　你怎么说，我的老狐狸？（二人退立一旁）

夏　（向裴）您愿意跟我们一块儿瞧瞧去吗？我们这位淘气的店主已经替他们把剑较量过了，而且我相信已经跟他们约好了两个不同的地方，因为我听人家说那个牧师是个怪顶真的家伙。来，我告诉您，我们将要有怎样一场顽意儿。（二人退立一旁）

店主　客人先生，你不是跟我的武士有点儿过不去吗？

傅　不，绝对没有。我愿意送给您一瓶烧酒，请您让我去见见他，对他说我的名字是白罗克，那不过是跟他开顽笑而已。

店主　很好，我的好汉；你可以自由出入，你说好不好？你的名字就叫白罗克。他是个淘气的武士哩。诸位，咱们走吧。

夏　好，老板，请你带路。

裴　我听人家说，这个法国人的剑术很不错。

夏　这算得甚么！我在年青时候，也着实来得一手呢。现在这种讲究剑法的，一个站在这边，一个站在那边，你这么一刺，我这么一挥，还有各式各种的名目，我记也记不清楚；可是裴大爷，顶要紧的毕竟还要看自己有没有勇气。不瞒您说，我从前凭着一枝长剑，就可以叫四个高大的汉子抱头鼠窜哩。

店主　喂，孩儿们，来！咱们该走了！

裴　好，你先请吧。我倒不喜欢看他们真的打起来，宁愿听他们吵一场嘴。（店主、夏、裴同下）

傅　裴琪是个胆大的傻瓜，他以为他的老婆一定不会背着他偷汉子，可是我却不能把事情看得这样大意。我的女人在裴家的时候，他也在那儿，他们两人捣过些什么鬼我也不知道。好，我还要仔细调查一下；我要先假扮了去试探试探福斯泰夫。要是侦察的结果，她并没有做过不规矩的事情，那我也可以放下心来；不然的话，也可以不致于给他们蒙在鼓里。（下）

第二场 嘉德饭店中之一室

【福斯泰夫及毕斯托上。

福 我一个子儿也不借给你。

毕 那么我要凭着我的宝剑，去打出一条生路来了。你要是答应借给我，我一定如数奉还，决不拖欠。

福 一个子儿也没有。我让你把我的脸子丢尽，从来不曾向你计较过；我曾经不顾人家的讨厌，给你和你那个同伙聂姆一次两次三次向人家求情说项，否则你们早已像一对大猩猩一样，给他们抓起来关在铁笼子里了。我不惜违背良心，向我的朋友们发誓说你们都是很好的军人，堂堂的男子；白律治太太丢了她的扇柄，我还用我的名誉替你辩护，说你没有把它偷走。

毕 你不是也分到好处的吗？我不是给你十五辨士吗？

福 混蛋，一个人总要讲理呀；我难道白白的出卖良心吗？一句话，别尽缠着我了，快给我滚回你的贼窠里去吧！你不肯替我送信，你这混蛋！你的名誉要紧！哼，你这不要脸的东西！就说我自己吧，有时为了没有办法，也只好横一横良心，把我的名誉置之不顾，去干一些偷偷摸摸的勾当；可是像你这样一个衣衫褴褛，野猫样的脸孔，满嘴醉话，动不动赌咒骂人的家伙，却也要讲起什么名誉来了！你不肯替我送信，好，你这混蛋！

毕　　我现在认错了，难道还不够吗？

【罗宾上。

罗　　爵爷，外面有一个妇人要见您说话。

福　　叫她进来。

【快嘴桂嫂上。

桂　　爵爷，您好？

福　　你好，大嫂。你有什么事见我？

桂　　我可以跟爵爷讲一两句话吗？

福　　好大嫂，你就是跟我讲两千句话，我也愿意听着你。

桂　爵爷，有一位傅家娘子，——请您再过来点儿；我自己是住在凯易斯凯大夫家里的。

福　好，你说下去吧，你说那位傅家娘子，——

桂　爵爷说得一点不错，——请您再过来点儿。

福　你放心吧。这儿没有外人，都是自家人，都是自家人。

桂　真的吗？上帝保佑他们，收留他们做他的仆人！

福　好，你说吧，那位傅家娘子，——

桂　嗳哟，爵爷，她真是个好人儿。天哪，天哪！您爵爷是个风流的家伙！但愿天老爷饶恕您，也饶恕我们众人吧！

福　傅家娘子，说呀，傅家娘子，——

桂　好，干脆一句话，她一见了您，说来也叫人不相信，简直的就给您迷住啦；就是王上驾幸温莎的时候，那些头儿脑儿顶儿尖儿的官儿们，也没有您这样中她的意思。不瞒您说，那些武士们，老爷子们，数一数二的绅士们，去了一辆马车来了一辆马车，一封接一封的信，一件接一件的礼物，他们的身上都用麝香薰得香喷喷的，穿着用金线绣花的绸缎衣服，满口都是文绉绉的话儿，还有顶好的酒，顶好的糖，无论那个女人都会给他们迷醉的，可是天地良心，她向他们眼睛也不曾映过一映。不瞒您说，今天早上人家还想塞给我二十块钱哩，可是我不要这种人家说的不明不白的钱。说句老实话，就是叫他们中间坐第一把交椅的人来，也休想叫她陪他喝一口酒；可是尽有那些伯爵们呀，王上身边的官员们呀，一个一个在转她的念头；可是天地良心，她一点不把他们放在眼里。

福　可是她对我说些什么话？说简单一点，我的好红娘儿。

桂　她要我对您说，您的信她接到啦，她非常感激您的好意；她叫我通知您，她的丈夫在十点到十一点钟之间不在家。

福　十点到十一点钟之间？

桂　对啦，一点不错；她说，您可以在那个时候来瞧瞧您所知道的那幅画像，她的男人不会在家里的。唉！说起她的那位傅大爷，也真叫人气恨，一位好好的娘子，跟着他才真是倒霉；他是个妒心很重的男人，老是无缘无故跟她寻事。

福　十点到十一点钟之间。大嫂，请你替我向她致意，我一定不失约。

桂　嗳哟，您说得真好。可是我还有一个信要带给您，裴家娘子也叫我望望您。让我悄悄儿的告诉您吧，她是位贤惠端庄的好娘子，清早晚上从来不忘记祈祷。她要我对您说，她的丈夫在家的日子多，不在家的日子少，可是她希望总会找到一个机会。我从来不曾看见过一个女人会这么欢喜一个男人；我想您一定有一点迷人的地方，真的。

福　那儿的话，我不过略有几分才干而已，怎么会有什么迷人的地方？

桂　您真是太客气啦。

福　可是我还要问你一句话，傅家的和裴家的两位娘子有没有让彼此知道她们两个人都爱着我一个人？

桂　那真是笑话了！她们怎么会这样不害羞把这种事情告诉人呢？要是真有那样的事，才笑死人哩！可是裴家娘子要请您把您那个小童儿送给她，因为她的丈夫很欢喜那个小厮；天地良心，裴大爷是个好人。在温莎地方，谁也不及裴大娘那样享福啦；她爱做什么，就做什么，爱说什么，就说什么，要什么有什么，不愁吃，不愁穿，高兴睡就睡，高兴起来就起来，什么都称她的心；可是天地良心，也是她自己做人好，才会享到这样的好福气，在温莎地方，她是位心肠再善不过的娘子了。您千万要把您那童儿送给她，可别忘了啊。

福　好，那一定可以。

桂　一定这样办吧，您看，他可以在你们两人之间来来去去传递消息；要是有不便明言的事情，你们可以自己商量好了一个暗号，只有你们两人自己心里明白，不必让那孩子懂得，因为小孩子们是不应该知道这些坏事情的，不比上了年纪的人，懂得世事，识得是非，那就不要紧了。

福　再见，请你替我向她们两位多多致意。这几个钱你先拿去，我以后还要重谢你哩。——孩子，跟这位大娘去吧。（桂、罗同下）这消息倒害得我意乱如麻。

毕　这雌儿是爱神手下的传书鸽，待我追上前去，拉满弓弦，把她一箭射下，岂不有趣！（下）

福　老家伙，你说竟会有这等事吗？真有你的！从此以后，我要格外喜欢你这副老皮囊了。人家真的还会看中你吗？你在花费了这许多本钱以后，现在才发起利市来了吗？好皮囊，谢谢你。人家嫌你长得太胖，只要胖得有样子，再胖些又有什么关系！

【巴道夫持酒杯上。

巴　　爵爷，下面有一位白罗克大爷要见您说话，他说很想跟您交个朋友，特意送了一瓶白葡萄酒来给您解解渴。

福　　他的名字是叫白罗克吗？

巴　　是，爵爷。

福　　叫他进来。（巴下）只要有得酒喝，管他甚么白罗克黑罗克，我都是一样欢迎。哈哈！傅大娘，裴大娘，你们果然给我钓上了吗？很好！很好！

【巴道夫偕及傅德化装重上。

傅　　您好，爵爷！

福　　您好，先生！您有什么话要对我说吗？

傅　素昧平生，就这样前来打搅您，实在是冒昧得很。

福　不必客气。请问有何见教？——酒保，你去吧。（巴下）

傅　爵爷，贱名是白罗克，我是一个素来喜欢随便化钱的绅士。

福　久仰久仰！白大爷，我很希望咱们以后常常来往来往。

傅　倘蒙爵爷不弃下交，真是三生有幸。不瞒爵爷说，我现在总算身边还有几个钱，您要是需要的话，随时问我拿好了。人家说的，有钱路路通，否则我也不敢大胆惊动您啦。

福　不错，金钱是个好兵士，有了它就可以使人勇气百倍。

傅　不瞒您说，我现在带着一袋钱在这儿，因为嫌它拿着太累赘了，想请您帮帮忙，不论是分一半去也好，完全拿去也好，好让我走步路也轻松一点。

福　白大爷，我怎么可以无功受禄呢？

傅　您要是不嫌烦琐，请您耐心听我说下去，就可以知道我还要多多仰仗大力哩。

福　说吧，白大爷，凡有可以效劳之处，我一定愿意为您出力。

傅　爵爷，我一向听说您是一位博学明理的人，今天一见之下，果然名不虚传，我也不必向您多说废话了。我现在所要对您说的事，提起来很是惭愧，因为那等于宣布了我自己的弱点；可是爵爷，当您一面听着我供认我的愚蠢的时候，一面也要请您反身自省一下，那时您就可以知道一个人是怎么容易犯这种过失，也就不会过分责备我了。

福　很好，请您说下去吧。

傅　本地有一个良家妇女，她的丈夫名叫傅德。

福　嗯。

傅　我已经爱得她长久了，不瞒您说，在她身上我也花过了不少钱；我用一片痴心追求着她，千方百计找机会看见她一面；不但买了许多礼物送给她，并且到处花钱打听她喜欢人家送给她什么东西。总而言之，我追逐她就像爱情追逐我一样，一刻都不肯放松；可是费了这许多心思气力的结果，一点不曾得到甚么报酬，偌大的代价，只换到了一段痛苦的经验，正所谓“痴人求爱，如形捕影，瞻之在前，即之已冥”。

福　她从来不曾有过什么答应您的表示吗？

傅　从来没有。

福　那么您的爱究竟是怎么一种爱呢？

傅　就像是建筑在别人地面上的一座华厦，因为看错了地位方向，使我的一场辛苦完全白费。

福　您把这些话告诉我，是什么用意呢？

傅　请您再听我说下去，您就可以完全明白我今天的来意了。有人说，她虽然在我面前装模作样，好像是十分规矩，可是在别的地方，她却是非常放荡，已经引起不少人的闲话了。爵爷，我的用意是这样的：我知道您是一位教养优美，谈吐风雅，交游广阔的绅士，无论在地位上人品上都是超人一等，您的武艺，您的礼貌，您的学问，尤其是谁都佩服的。

福　您太过奖啦！

傅　我说的是真话。我这儿有的是钱，您尽管用吧，把我的钱全都用完了都可以，只要请您分出一部分时间来，去把这个傅家的女人弄上了手，尽量发挥您的风流解数，把她征服下来。这件事情请您去办，一定比谁都要便当得多。

福　您把您心爱的人让给我去享用，那不会使您心里难过吗？我觉得老兄这样的主意，未免太不近情理啦。

傅　啊，请您明白我的意思。她靠着她的冰清玉洁的名誉做掩护，我虽有一片痴心，却不敢妄行非礼；她的光彩过于耀目了，使我不敢向她抬头仰望。可是假如我能够抓住她的一个把柄，知道她并不是神圣不可侵犯的，我就可以放大胆子，去实现我的愿望了；什么贞操，什么名誉，什么有夫之妇以及诸如此类的她的一千种振振有词的借口，到了那个时候便可以完全推翻了。爵爷，您看怎么样？

福　白大爷，第一，我要老实不客气收下您的钱；第二，让我握您的手；第三，我要用我自己的身分向您担保，只要您立定决心，不怕傅德的老婆不到您的手里。

傅　嗳哟，您真是太好了！

福　我说她一定会到您手里的。

傅　不要担心没有钱用，爵爷，一切都在我身上。

福　不要担心傅大娘会拒绝您，白大爷，一切都在我身上。不瞒您说，刚才她还差了个人来约我跟她相会呢；就在您进来的时候，替她送信的人刚刚出去。

十点到十一点钟之间，我就要看她去，因为在那个时候，她那吃醋的混蛋男人不在家里。您今晚再来看我吧，我可以让您知道我进行得顺利不顺利。

傅　能够跟您结识，真是幸运万分。您认不认识傅德？

福　哼，这个死乌龟！谁跟这种东西认识？人家说这个爱吃醋的忘八倒很有钱，所以我才高兴去勾搭他的老婆；我可以用她做钥匙，去打开这个忘八的钱箱，这才是我的真正的目的。

傅　我很希望您认识那个傅德，因为您要是认识他，看见他的时候也可以躲避躲避。

福　哼，这种不中用的蠢东西！我只要向他瞪一瞪眼，就会把他吓坏了。白大爷，您放心吧，这种家伙不在我的眼里，您一定可以跟他的老婆睡觉。天一晚您就来。傅德是个混蛋，可是白大爷，您瞧着我吧，我会给他加上一重头衔，混蛋而兼忘八，他就是个混账忘八蛋了。今夜您早点来吧。（下）

傅　好一个万恶不赦的淫贼！我的肚子都几乎给他气破了。谁说这是我的瞎疑心？我的老婆已经寄信给他，约好钟点和他相会了。谁想得到会有这种事情？娶了一个不贞的妻子，真是倒霉！我的床要给他们弄龌龊了，我的钱要给他们偷了，还要让别人在背后讥笑我；这样害苦我不算，还要听那奸夫当着我的面辱骂我！骂我别的名字倒也罢了，魔鬼夜叉，都没有什么关系，偏偏口口声声的乌龟忘八！乌龟！忘八！这种名字就是魔鬼听了也要摇头的。裴琪是个呆子，是个粗心的呆子，他居然会相信他的妻子，他不吃醋！哼，我可以相信猫儿不会偷荤，我可以相信我们那位威尔斯牧师修师父不爱吃干酪，我可以把我的烧酒瓶交给一个爱尔兰人，我可以让一个小偷把我的马儿拖走，可是我不能放心让我的妻子一个人住在家里；让她一个人在家里，她就会千方百计地出起花样来，她们一想到要做什么事，简直的可以什么都不顾，非把它做到了决不罢休。感谢上帝赐给我这一副爱吃醋的脾气！他们约定在十一点钟会面，我要去打破他们的好事，侦察我的妻子的行动，向福斯泰夫出出我胸头这一口冤气，还要把裴琪取笑一番。我马上就去，宁可早三点钟，不可迟一分钟。哼！哼！乌龟！忘八！（下）

第三场 温莎附近的野地

【凯易斯及鲁贝上。

凯 鲁贝！

鲁 有，老爷？

凯 鲁贝，现在几点钟了？

鲁 老爷，修师父约好的时间已经过去了。

凯 哼，他不来，便宜了他的狗命；他在念《圣经》做祷告，所以他不来。哼，鲁贝，他要是来了，早已一命呜呼了。

鲁 老爷，这是他的聪明，他知道他要是来了，一定会给您杀死的。

凯 哼，我要是不把他杀死，我就不是个人。鲁贝，拔出你的剑来，我要告诉你我怎样杀死他。

鲁 嗳哟，老爷！我可不会使剑呢。

凯 狗才，拔出你的剑来。

鲁 慢慢，有人来啦。

【店主，夏禄，史量德，及裴琪上。

店主　你好，老头儿！

夏　凯易斯大夫，您好！

裴　您好，大夫！

史　早安，大夫！

凯　你们一个，两个，三个，四个，来干什么？

店主　瞧你斗剑，瞧你招架，瞧你回手；瞧你这边一跳，瞧你那边一闪；瞧你仰冲俯刺，旁敲侧击，进攻退守。他死了吗，我的黑金刚？他死了吗？哈，好家伙！你怎么说，我的好医生？

凯　哼，他是个没有种的狗牧师；他不敢到这儿来露脸。

店主　你是粪缸里的元帅，好家伙！

凯　你们大家给我证明，我已经等了他六七个钟头，两个钟头，三个钟头，他还是没有来。

夏　大夫，这是他的有见识之处；他给人家医治灵魂，您给人家医治肉体，要是你们打起架来，那不是违反了你们平日的宗旨了吗？裴大爷，您说我这句话对不对？

裴　夏老爷，您现在喜欢替人家排难解纷，从前却也是一名打架的好手哩。

夏　　可不是吗？裴大爷，我现在虽然老了，人也变得好说话了，可是看见人家拔出刀剑来，我的手指还是觉得痒痒的。裴大爷，我们虽然做了法官，做了医生，做了教士，总还有几分年青人的血气；我们都是女人生下来的呢，裴大爷。

裴　　正是正是，夏老爷。

夏　　裴大爷，您看吧，我的话是不会错的。凯大夫，我想来送您回家去。我是一向主张什么事情都可以和平解决的。您是一个明白道理的好医生，修师父是一个明白道理很有涵养的好教士，大家何必伤了和气。凯大夫，您还是跟我一起回去吧。

店主　　对不起，法官先生，（向夏等旁白）你跟裴大爷和史少爷从大路走，先到弗劳莫去。

裴　　修师父就在那边吗？

店主　　是的，你们去看看他在那里发些什么牢骚，我再领着这个医生从小路也到那里。你们看这样好不好？

夏　　很好。

裴、夏、史　凯大夫，我们先走一步，回头见。（下）

凯　哼，我要是不杀死这个牧师，我就不是个人；谁叫他多事，替一个猴儿崽子向裴安痕说亲。

店主　这种人让他死了也好。来，把你的怒气平一平，跟我在田野里走走，我带你到弗劳莫去，裴安痕小姐正在那边一家乡下人家吃酒，你可以当面向她求婚。你说我这主意好不好？

凯　谢谢你，谢谢你，你是我的好朋友。我一定要介绍许多主顾给你，那些阔佬大官，我都看过他们的病。

店主　你这样帮我忙，我一定帮助你娶到裴安痕。我说得好不好？

凯　很好很好，好得很。

店主　那么咱们走吧。

凯　跟我来，鲁贝。（同下）

第三幕

尊夫人是一位大贤大德的娘子，五千个女人里头也找不到像她这样的一个。

第一场　弗劳莫附近的野地

【修伊文牧师及辛普儿上。

修　史量德少爷的尊价，辛普儿我的朋友，我叫你去望望那个自称为医生的凯易斯大夫究竟来不来，请问你是在那一条路上望他的？

辛　师父，我每一条路都去望过了，就是那条通到城里去的路没有望。

修　千万请你再到那一条路上去望一望。

辛　好的，师父。（下）

修　祝福我的灵魂！我气得心里在发抖。我倒希望他欺骗我。真的气死我也！我恨不得把他的便壶摔在他那狗头上。祝福我的灵魂！

（唱）“众鸟嘤鸣其相和兮，

临清流之潺湲，

展蔷薇之芳茵兮，

缀百花以为环。”

上帝可怜我！我真的要哭出来啦。

（唱）“众鸟嘤鸣其相和兮，

余独处乎巴比伦，

缀百花以为环兮，

临清流——”

【辛普儿重上。

辛　他就要来了，在这一边，修师父。

修　他来得正好。

（唱）“临清流之潺湲——”

上帝保佑好人！——他拿着什么家伙？

辛　他没有带什么家伙，师父。我家少爷，还有夏老爷和另外一位大爷，也从那边一条路上来了。

修　请你把我的道袍给我；不，还是你给我拿在手里吧。

（读书）

【裴琪，夏禄，及史量德上。

夏　啊，牧师先生，您好？又在用功了吗？真的是赌鬼手里的骰子，学士手里的书本，夺也夺不下来的。

史　（旁白）啊，可爱的裴安痕！

裴　您好，修师父？

修　上帝祝福你们！

夏　啊，怎么，一手宝剑，一手经典！牧师先生，难道您竟然是学究天人，才兼文武吗？

裴　在这样阴寒的天气，您这样短衣长袜，外套也不穿一件，精神倒着实不比年青人坏哩！

修　这都是有缘故的。

裴　牧师先生，我们是来给您做一件好事的。

修　很好，是什么事？

裴　我们刚才碰见一位很有名望的绅士，大概是受了什么人的委屈，在那儿大发脾气。

夏　我活了八十多岁了，从来不曾听见过一个像他这样有地位有学问的人，会这样忘记自己的身分。

修　他是谁？

裴　我想您也一定认识他的，就是那位著名的法国医生凯易斯大夫。

修　嗳哟，气死我也！你们向我提起他的名字，还不如向我提起一块烂浆糊。

裴　为什么？

修　他懂得什么医经药典！他是个坏蛋，一个十足没有种的坏蛋！

裴　您跟他打起架来，才知道他利害呢。

史　（旁白）啊，可爱的裴安痕！

夏　看样子他们真的要打起来呢。凯大夫来了，别让他们碰在一起。

【店主，凯易斯，及鲁贝上。

裴　不，好牧师先生，把您的剑收起来吧。

夏　凯大夫，您也收起来吧。

店主　把他们的剑夺下来，让他们对骂一场。

凯　请你让我在你的耳边问你一句话，你为什么失约不来？

修　（向凯旁白）不要生气，有话慢慢儿好讲。

凯　哼，你是个懦夫，你是个狗东西猴儿崽子！

修　（向凯旁白）别人在寻我们的开心，我们不要上他们的当，伤了各人的和气。（高声）我要把你的便壶摔在你的狗头上，谁叫你约了人家自己不来！

凯　他妈的！鲁贝，——老板，我没有等他来送命吗？我不是在约定的地方等了他好久吗？

修　我是个相信基督耶稣的人，我不会说假话，这儿才是你约定的地方，我们这位老板可以替我证明。

店主　我说，你这位法国大夫，你这位威尔斯牧师，一个替人医治身体，一个替人医治灵魂，你也不要吵，我也不要闹，大家算了吧！

凯　嗯，那倒是很好，好极了！

店主　我说，大家静下来，听我店主说话。你们看我的手段巧不巧？主意高不高？计策妙不妙？咱们少得了这位医生吗？少不了，他要给我开方服药。咱们少得了这位牧师，这位修师父吗？少不了，他要给我念经讲道。来，一位在家人，一位出家人，大家跟我搀搀手儿。好，老实告诉你们吧，你们两个人都给我骗啦，我叫你们一个人到这儿，一个人到那儿，大家扑了个空。现在我们已经知道你们两位都是好汉子，谁的身上也不曾伤了一根毛，落得喝杯酒儿，大家讲和了吧。来，把他们的剑拿去当了。来，孩儿们，大家跟我来。

夏　真是一个疯老板！——各位，大家跟着他去吧。

史　（旁白）啊，可爱的裴安痕！（夏、史、裴、及店主同下）

凯　嘿！有这等事！你把我们当作傻瓜了吗？嘿！嘿！

修　好得很，他简直在把我们开顽笑。我说，咱们还是言归于好，大家商量出个办法，来向这个欺人的坏家伙，这个嘉德饭店的老板，报复一下吧。

凯　很好，我完全赞成。他答应带我来看裴安痕，原来也是句骗人的话，他妈的！

修　好，我要打破他的头。咱们走吧。（同下）

第二场　温莎街道

【裴大娘及罗宾上。

裴妻　走慢点儿，小滑头；你一向都是跟在人家屁股后面跑的，现在倒要抢上人家前头啦。我问你，你愿意我跟着你走呢，还是愿意你跟着主人走？

罗　我愿意像一个男子汉那样的在您前头走，不愿意像一个小鬼那样的跟着他走。

裴妻　唷！你倒真是个小油嘴，我看你将来很可以到宫廷里去呢。

【傅德上。

傅　裴嫂子，咱们碰见得巧极啦。您是望那儿去的？

裴妻　傅大爷，我正要去瞧您家嫂子去哩。她在家吗？

傅　在家，她因为没有伴，正在闷得发慌。照我看起来，要是你们两人的男人都死掉啦，你们两人大可以权充一下夫妻。

裴妻　您不用担心，我们会各人再去嫁一个男人的。

傅　您这个可爱的小鬼头儿是那儿来的？

裴妻　我总是记不起来把他送给我丈夫的那个人叫什么名字。喂，你说你那个武士姓甚名谁？

罗　约翰·福斯泰夫爵士。

傅　约翰·福斯泰夫爵士！

裴妻　对了，对了，正是他；我顶不会记人家的名字。他跟我的丈夫非常要好。您家嫂子真的在家吗？

傅　真的在家。

裴妻　那么，少陪了，傅大爷，我巴不得立刻就看见她呢。（裴妻及罗宾下）

傅　裴琪难道没有脑子吗？他难道一点都看不出，一点不会思想吗？哼，他的眼睛跟脑子一定都是睡着了，因为他就是生了它们也不会去用的。嘿，这孩子可以送一封信到二十哩外的地方去，就像炮弹从炮口里开了出去一样容易。他放纵他的妻子，让她想入非非，为所欲为；现在她要去瞧我的妻子，还带着福斯泰夫的小厮！好计策！他们已经完全布置好了；我们两家不贞的妻子，已经通同一气，一块儿去干这种不要脸的事啦。好，让我先去捉住那家伙，再去教训教训我的妻子，把这位假正经的裴大娘的假面具揭了下来，让大家知道裴琪是个冥顽不灵的忘八。我干了这一番轰轰烈烈的事情，人家一定会称赞我，（钟鸣）时间已经到了，事不宜迟，我必须马上就去；我相信一定可以把福斯泰夫找到。人家都会称赞我，不会讥笑我，因为福斯泰夫一定跟我妻子在一起，就像地球是结实的一样毫无疑问。我就去。

【裴琪，夏禄，史量德，店主，修伊文，凯易斯，及鲁贝上。

裴，夏等　傅大爷，咱们遇见得巧极啦。

傅　真是巧极啦。我正要请各位到舍间去喝杯酒呢。

夏　傅大爷，我有事不能奉陪，请您原谅。

史　傅大叔，我也要请您原谅，我们已经约好到安痕小姐家里吃饭，人家无论给我多少钱，也不能使我失她的约的。

夏　我们打算替裴家小姐跟我这位史贤侄攀一头亲事，今天就可以得到回音。

史　裴大叔，我希望您不会拒绝我。

裴　我是一定答应的，史少爷；可是凯大夫，我的内人却中意您哩。

凯　嗯，是的，而且那姑娘也爱着我，我家那个快嘴桂嫂已经这样告诉我了。

店主　您觉得那位年青的范通怎样？他会跳舞，他的眼睛里闪耀着青春，他会写诗，他会说漂亮话，他的身上有春天的香味；他一定会成功的，他一定会成功的。

裴　可是他要是不能得到我的允许，就不会成功。这位绅士没有家产，他常常跟那位胡闹的王子[①]混在一起，他的地位太高，他所知道的事情也太多啦。不，我的财产是不能让他染指的。要是他跟她结婚，就让他把她空身体娶了过去；我这份家私要归我自己作主，我可不答应给他分了去。

---

① “胡闹的的王子”指亨利四世的太子，后为亨利五世，为王储时不修微行，参看《亨利四世》剧本。——译者注

傅 请你们中间无论那几位赏我一个脸子，到舍间便饭去；除了酒菜之外，还有新鲜的顽意儿，我有一头怪物要拿出来给你们欣赏欣赏。凯大夫，您一定要去；裴大爷，您也去；还有修师父，您也去。

夏 好，那么再见吧；你们去了，我们到裴大爷家里求起婚来，说话也可以方便一些。（夏、史下）

凯 鲁贝，你先回家去，我就来。（鲁下）

店主 回头见，我的好朋友们；我要回去陪我的好武士福斯泰夫喝酒去。（下）

傅 （旁白）对不起，我要先让他出一场丑哩。——列位，请了。

众 请了，我们倒要瞧瞧那个怪物去。（同下）

第三场 傅德家中一室

【傅大娘及裴大娘上。

傅妻 喂，约翰！喂，劳勃！

裴妻 赶快，赶快！——那个盛脏衣服的篓子呢？

傅妻 已经预备好了。喂，罗宾！

【二仆携篓上。

裴妻 来，来，来。

傅妻 这儿，放下来。

裴妻 你吩咐他们怎样做，干干脆脆几句话就得了。

傅妻 好，约翰和劳勃，我早就对你们说过了，叫你们在酿酒房的近旁等着不要走开，我一叫你们，你们就跑来，马上把这篓子扛了出去，跟着那些洗衣服的人一起到野地里去，跑得越快越好，一到那边，就把它扔在泰姆士河旁边的澜泥沟里。

裴妻 听好了没有？

傅妻　我已经告诉过他们好几次了，他们不会弄错的。快去，我叫你们你们就来。（二仆下）

裴妻　小罗宾来了。

【罗宾上。

傅妻　啊，我的小鹰儿！你带了什么信息来了？

罗　傅奶奶，我家主人约翰爵士已经从您的后门进来了，他要跟您谈几句话儿。

裴妻　你这小鬼，你有没有在你主人面前搬嘴弄舌？

罗　我可以发誓，我的主人不知道您也在这儿；他还向我说，要是我把他到这儿来的事情告诉了您，他一定要把我撵走。

裴妻　这才是个好孩子，我一定替你做一身新衣服穿。现在我先去躲起来。

傅妻　好的。你去告诉你的主人，说屋子里只有我一个人，（罗下）裴嫂子，记好等我说怎么一句话你就出来。

裴妻　你放心吧，我要是这场戏演不好，你尽管喝倒彩好了。（下）

傅妻 好，让我们教训教训这个腌臜的脓包，这个满肚子臭水的胖冬瓜，叫他知道鸽子和老鸦的分别。

【福斯泰夫上。

福 我的天上的明珠，你果然给我捉到了吗？我已经活得很长久了，现在让我死去吧，因为我的心愿已经完全达到了。啊，这幸福的时辰！

傅妻 嗳哟，好爵爷！

福 好娘子，我不会说话，那些口是心非的好听话，我一句也不会。我现在心里正在起着一个罪恶的念头，但愿你的丈夫早早死了，我一定要娶你回去，做我的夫人。

傅妻 我做您的夫人！唉，爵爷！那我怎么做得像呢？

福 在整个法兰西宫廷里也找不出像你这样一位漂亮的夫人。瞧你的眼睛比金钢钻还亮；你的秀美的额角，戴上无论那一种威尼斯流行的新式帽子，都是一样合适的。

傅妻 爵爷，像我这样的村婆娘，只好用青布包包头儿，能够不给人家笑话，也就算了，那里配得上讲什么打扮。

福　嗳哟，你这样说话，未免太侮辱了你自己啦。你要是到宫廷里去，一定可以大出风头；你那端庄的步伐，穿起了圆圆的围裙来，一定走一步路都是仪态万方。命运虽然不曾照顾你，造物却给了你绝世的姿容，你就是有意把它遮掩，也是遮掩不了的。

傅妻　您太过奖啦，我怎么有这样的好处呢？

福　那么我为什么爱你呢？这就可以表明在你的身上，的确有一点与众不同的地方。我不会像那些油头粉脸的轻薄少年一样，说你是这样是那样，把你捧上天去；可是我爱你，我爱的只是你，你是值得我爱的。

傅妻　别骗我啦，爵爷，我怕您爱着裴家嫂子哩。

福　难道我放着大门不走，偏偏要去走那黑黝黝的边门吗？

傅妻　好，天知道我是怎样爱着您，您总会有一天明白我的心的。

福　希望你永远不要变心，我总不会有负你。

罗　（在内）傅家奶奶！傅家奶奶！裴家奶奶在门口，

她满头都是汗，气都喘不过来，慌慌张张的，一定要立刻跟您说话。

福　别让她看见我；我就躲在帐幕后面吧。

传妻　好，您快躲起来吧，她是个多嘴多舌的女人。（福匿幕后）

【裴大娘及罗宾重上。

傅妻　什么事？怎么啦？

裴妻　嗳哟，傅嫂子！你干了什么事啦？你的脸从此丢尽，你再也不能做人啦！

傅妻　什么事呀，好嫂子？

裴妻　嗳哟，傅嫂子！你嫁了这么一位好丈夫，为什么要让他对你起疑心？

傅妻　对我起什么疑心？

裴妻　起什么疑心！算了，别装痴啦！总算我看错了人。

傅妻　唉，到底是怎么一回事呀？

裴妻　我的好奶奶，你那汉子带了温莎城里所有的捕役，就要到这儿来啦；他说有一个男人在这屋子里，是你趁着他不在家的时候约来的，他们要来捉这奸夫哩。这回你可完啦！

傅妻　（旁白）说响一点。——暧哟，不会有这种事吧？

裴妻　谢天谢地，但愿你这屋子里没有男人！可是半个温莎城里的人都跟在你丈夫背后，要到这儿来搜寻这么一个人，这件事情却是千真万确的。我抢前一步来通知你，要是你没有做过亏心事，那自然最好；倘然你真的有一个朋友在这儿，那么赶快带他出去吧。别吓，镇静一点。你必须保全你的名誉，否则你的一生从此完啦。

傅妻　我怎么办呢？果然有一位绅士在这儿，他是我的好朋友；我自己丢脸倒还不要紧，只怕连累了他，要是能够把他弄出这间屋子，叫我损失一千镑钱我都愿意。

裴妻　要命！你的汉子就要来啦，你还是尽说些废话！想想办法吧，这屋子里是藏不了他的。唉，我还当你是个好人！瞧，这儿有一个篓子，他要是不太高大，倒可以钻进去躲一下，再用些龌龊衣服堆在上面，让人家看见了，当做是一篓预备送出去漂洗的衣服；——啊，对了，就叫你家的两个仆人把他连篓一起扛了出去，岂不一干两净？

傅妻　他太胖了，恐怕钻不进去，怎么好呢？

福　（自幕后出）让我看，让我看，啊，让我看！我进去，我进去。就照你朋友的话吧。我进去。

裴妻　啊，福斯泰夫爵士！原来是你吗？你给我的信上怎么说的？

福　我爱你，我只爱你一个人；帮我离开这屋子；让我钻进去。我再也不——（钻入篓内，二妇以污衣覆其上）

裴妻　孩子，你也来帮着把你的主人遮盖遮盖。傅嫂子，叫你的仆人进来吧。好一个欺人的武士！

傅妻　喂，约翰！劳勃！约翰！（罗下）

【二仆重上。

傅妻　赶快把这一篓衣服扛起来。杠子在什么地方？嗳哟，瞧你们这样慢手慢脚的！把这些衣服送到洗衣服的那里去；快点！快点！

【傅德，裴琪，凯易斯，及修伊文同上。

傅　各位请过来；要是我的疑心全无根据，你们尽管把我取笑好了。啊！这是什么？你们把这篓子扛到那儿去？

仆　扛到洗衣服的那里去。

傅妻　咦，他们把它扛到什么地方，跟你有什么相干？你就是爱多管闲事，人家洗衣服，也要你问长问短的。

傅　哼，洗衣服！我倒希望把这屋子也洗一洗干净呢，什么野畜生都可以跑进跑出的！（二仆扛篓下）各位朋友，昨天晚上我做了一个梦，让我把这个梦告诉你们听。这儿是我的钥匙，请你们跟我到房间里来搜一下，我相信我们一定会捉到那头狐狸的。让我先把这门锁上了。好，咱们捉狐狸去。

裴　傅大爷，有话好讲，何必急成这个样子，让人家瞧着笑话。

傅　对啦，裴大爷。各位上去吧，你们马上就有新鲜的把戏看了；大家跟我来。（下）

修　这种吃醋简直是无理取闹。

凯　我们法国就没有这种事，法国人是不作兴吃醋的。

裴　咱们还是跟他上去吧，瞧他搜出些什么来。（裴、凯、修同下）

裴妻　咱们这计策岂不是一举两得？

傅妻　我不知道愚弄我的丈夫跟愚弄福斯泰夫，比较起来那一件事更使我高兴。

裴妻　你的丈夫问那篓子里有什么东西的时候，他一定吓得要命。

傅妻　我想他是应该洗个澡了，把他扔在水里，对于他也是有好处的。

裴妻　该死的骗人的坏蛋！我希望像他那一类的人一起受到这种报应。

傅妻　我觉得我的丈夫有点知道福斯泰夫在这儿；我从来没有见过他像今天这样的一股醋劲。

裴妻　让我想个计策把他试探试探。福斯泰夫那家伙虽然已经受到一次教训，可是像他那样荒唐惯了的人，一服药吃下去未必见效，我们应当让他多知道些利害才是。

傅妻　我们要不要再叫快嘴桂嫂那个傻女人到他那儿去，对他说这次把他扔在水里，实在是一时疏忽，并非故意，请他原谅，再约他一个日期，好让我们再把他作弄一次？

裴妻 一定那么办；我们叫他明天八点钟来，替他压惊。

【傅德，裴琪，凯易斯，及修伊文重上。

傅 我找他不到；这混蛋也许只会吹牛，他自己知道这种事情是办不到的。

裴妻 （向傅妻旁白）你听见吗？

傅妻 （向裴妻旁白）嗯，别说话。——傅大爷，您待我真是太好了，是不是？

傅 是，是，是。

傅妻 上帝保佑您以后再不要用这种龌龊心思猜疑人家！

傅 阿们！

裴妻 傅大爷，您真太对不起您自己啦。

傅 是，是，是我不好。

修 这屋子里，房间里，箱子里，壁橱里，要是找得出一个人来，那么上帝在最后审判的日子饶恕我的罪恶吧！

凯　我也找不出来，一个人也没有。

裴　啧！啧！傅大爷！您不害羞吗？什么鬼附在您身上，叫您想起这种事情来呢？我希望您以后再不要发这种神经病了。

傅　裴大爷，这是我的不好，自取其辱。

修　这都是您良心不好的缘故，尊夫人是一位大贤大德的娘子，五千个女人里头也找不到像她这样的一个；不，就是五百个里也找不到呢。

凯　真的她是一个规矩的女人。

傅　好，我说过我请你们来吃饭。来，来，咱们先到公园里走走吧。请诸位多多原谅，我以后会告诉你们今天我有这一番举动的缘故。来，娘子。来，裴家嫂子。请你们原谅我，今天实在吵得太不像话了，请不要见气！

裴　列位，咱们进去吧，可是今天一定要把他大大地取笑一番。明天早晨我请你们到舍间吃一顿早点心，吃过点心，就去打鸟去；我有一头很好的猎鹰，要请你们赏识赏识他的本领。诸位以为怎样？

傅　一定奉陪。

修　要是只有一个人去，我就是第二个。

凯　要是只有一个两个人去，我就是第三个。

傅　裴大爷，请了。

修　请你明天不要忘记嘉德饭店老板那个坏家伙。

凯　很好，我一定不忘记。

修　这坏家伙，专爱寻人家的开心！（同下）

第四场　裴琪家中一室

【范通，裴安痕，及快嘴桂嫂上；桂嫂立一旁。

范　我知道我得不到你父亲的欢心，所以你别再叫我去跟他说话了，亲爱的小安痕。

安　唉！那么怎么办呢？

范　你应当自己作主才是。他反对我的理由，是说我的门第太高，又说我因为家产不够挥霍，想要靠他的钱来弥补弥补；此外他又举出种种的理由，说我过去的行为太放荡，说我结交的都是一班胡调的朋友；他老实不客气地对我说，我的所以爱你，不过是把你看作一注财产而已。

安　他说的话也许是对的。

范　不，我永远不会有这样的存心！安痕，我可以向你招认，我最初来向你求婚的目的，的确是你父亲的财产；可是自从我认识了你以后，我就觉得你的价值远超过一切的金银财富；我现在除了你本身的美好以外，再没有别的希求。

安　好范大爷，您还是去向我父亲说说吧。要是机会和最谦卑的恳求都不能使您达到目的，那么——您过来，我对您说。（二人在一旁谈话）

【夏禄及史量德上。

夏　桂嫂，打断他们的谈话，让我的侄子自己去向她求婚。

史　成功失败，在此一试。

夏　不要慌。

史　不，她不会使我发慌，可是我有点胆怯。

桂　安痕，史少爷要跟你讲句话哩。

安　我就来。（旁白）这是我父亲中意的人。唉！有了一年三百镑的收入，顶不上眼的伧夫也就变成俊汉了。

桂　范大爷，您好？请您过来说句话儿。

夏　她来了；侄儿，你上去吧。对她说，你父亲生前是个什么人。

史　安痕小姐，我有一个父亲，我的叔父可以告诉您许多关于他的很有趣的笑话。叔父，请您把我的父亲怎样从人家篱笆里偷了两头鹅的那个笑话讲给安痕小姐听吧，好叔父。

夏　安痕小姐，我的侄儿很是爱您。

史　对了，正像我爱葛罗斯脱的无论那一个女人一样。

夏　他愿意按照一份乡绅人家的体面扶养您。

史　对了，无论如何，乡绅人家总是乡绅人家呀。

夏　他愿意在他的财产里划出一百五十镑钱来归在您的名下。

安　夏老爷，还是让他自己说吧。

夏　啊，谢谢您，我真感谢您的好意。侄儿，她叫你哩；我让你们两个人谈谈吧。

安　史世兄。

史　是，好安痕小姐？

安　您对我有什么见教？

史　实实在在说，我自己本来一点没有这个意思，都是令尊跟家叔两个人的主张。要是我有这运气，那固然很好，不然的话，就让别人来享受这个福分吧！他们可以告诉您许多我自己不会说的话，您还是去问您的父亲吧；他来了。

【裴琪及裴大娘上。

裴　啊，史少爷！安痕，你爱他吧。咦，怎么！范大爷，您到这儿来有什么事？我早就对您说过了，我的女儿已经有了人家；您还是一趟一趟到我家里来，这不是太不成话了吗？

范　啊，裴大爷，您别生气。

裴妻　范大爷，您以后别再来看我的女儿了。

裴　她是不会嫁给您的。

范　裴大爷，请您听我说。

裴　不，范大爷，我不要听您说话。来，夏老爷；来，史贤婿，咱们进去吧。范大爷，您实在太不讲理啦。

（裴，夏，史同下）

桂　向裴大娘说去。

范　裴大娘，我对于令嫒的一片至诚，天日可表，一切的阻碍谴责和世俗的礼法，都不能使我灰心后退；我希望能够得到您的好意。

安　好妈妈，别让我跟那个傻瓜结婚。

裴妻　我是不愿让你嫁给他；我会替你找一个好一点的丈夫。

桂　那就是我的主人凯易斯大夫。

安　唉！要是叫我嫁给那个医生，我宁愿让你们把我活活埋了！

裴妻　算了，别自寻烦恼啦。范大爷，我不愿偏着您，也不愿跟您作梗，让我先去问问我的女儿，看她究竟对您有几分意思，慢慢儿的再说吧。现在我们失陪了，范大爷；她要是再不进去，她的父亲一定又要发脾气的。

范　再见，裴大娘。再见，小安痕。（裴妻及安痕下）

桂　瞧，这都是我帮您的忙。我说，“您愿意把您的孩子随随便便嫁给一个傻瓜，一个医生吗？瞧范大爷多好！”这都是我帮您的忙。

范　谢谢你；这一个戒指请你今天晚上送给我的亲爱的小安痕。这几个钱是赏给你的。

桂　天老爷赐给您好福气！（范下）他的心肠真好，一个女人碰见这样好心肠的人，就是为他到火里去水里去也甘心。可是我倒希望我的主人娶到了安痕小姐；我也希望史少爷能够娶到她；天地良心，我也希望范大爷娶到她。我要替他们三个人同样出力，因为我已经答应过他们，说过的话总是要作准的；可是我要替范大爷特别出力。啊，两位奶奶还要叫我到福斯泰夫那儿去一趟呢，该死我怎么还在这儿拉拉扯扯的！（下）

第五场 嘉德饭店中的一室

【福斯泰夫及巴道夫上。

福　喂，巴道夫！

巴　有，爵爷。

福　给我倒一碗酒来，放一块面包在里面。（巴下）想不到我活到今天，却给人装在篓子里扛出去，像一车屠夫切下来的肉骨肉屑一样倒在泰姆士河里！好，要是我再上人家这样一次当，我一定把我的脑髓敲出来，涂上白塔油丢给狗吃。这两个混账东西把我扔在河里，简直就像淹死一只瞎眼老母狗的一窠小狗一样，不当作一回事情。你们瞧我这样胖大的身体，就可以知道我沉下水里去，是比别人格外快的，即使河底深得像地狱一样，我也会一下子就沉下去，要不是水浅多沙，我早就淹死啦；我最怕的就是淹死，因为一个人淹死了尸体会发胀，像我这样的人要是发起胀来，那还成什么样子！不是要变成了一堆死人山了吗？

【巴道夫携酒重上。

巴　爵爷，桂嫂要见您说话。

福　来，我一肚子都是泰姆士河里的水，冷得好像腰气痛的时候吞下了雪块一样，让我倒下些酒去把它温一温吧。叫她进来。

巴　进来，妇人。

【快嘴桂嫂上。

桂　爵爷，您好？早安，爵爷！

福　把这些酒杯拿去了，再给我好好儿煮一壶酒来。

巴　要不要放鸡蛋？

福　什么也别放。（巴下）怎么？

桂　呃，爵爷，傅家娘子叫我来望望您。

福　别向我提起什么傅大娘啦！要不是她，我怎么会给人丢在河里，灌满了一肚子的水。

桂　嗳哟！那怎么怪得她？她太相信她那两个仆人啦，谁想得到他们竟会误会了她的意思。

福　我也是太轻信啦，会去应一个傻女人的约。

桂　爵爷，她为了这件事，心里头才说不出的难过呢；看见了她那种伤心的样子，谁都会心软的。她的丈夫今天一早就去打鸟去了，她请您在八点到九点之间，再到她家里去一次。我必须赶快把她的话向您交代清楚。您放心好了，这一回她一定会好好儿补报您的。

福　好，你回去对她说，我一定来；叫她想一想那一个男人不是朝三暮四，像我这样的男人，可是容易找到的。

桂　我一定这样对她说。

福　你说是在九点到十点之间吗？

桂　八点到九点之间，爵爷。

福　好，你去吧，我一定来就是了。

桂　再会了，爵爷。（下）

福　白罗克到这时候还不来，倒有些奇怪；他寄信来叫我等在这儿不要出去的。我很欢喜他的钱。啊！他来啦。

【傅德上。

傅　您好，爵爷！

福　啊，白大爷，您是要来探问我到傅德老婆那儿去的经过情形吗？

傅　我正是要来问您这件事。

福　白大爷，我不愿对您掉谎，昨天我是按照她约定的时间到她家里去的。

傅　那么您进行得顺利不顺利呢？

福　不必说起，白大爷。

傅　怎么？难道她又变卦了吗？

福　那倒不是，白大爷，都是她的丈夫，那只贼头贼脑的死乌龟，一天到晚见神见鬼地疑心他的妻子；我跟她抱也抱过了，吻也吻过了，发誓也发誓过了，一本喜剧刚刚念好引子，他就疯疯颠颠地带了一大批狐群狗党，声势汹汹地说是要到家里来捉奸。

傅　啊！那时候您正在屋子里吗？

福　那时候我正在屋子里。

傅　他没有把您搜到吗？

福　您听我说下去。总算我命中有救，来了一位裴大娘，报告我们傅德就要来了的消息；傅家的女人吓得毫无主意，只好听了她的计策，把我装进一只洗衣服的篓子里去。

傅　洗衣服的篓子！

福　正是一只洗衣服的篓子！把我跟那些脏衬衫，臭袜子，油腻的手巾，一股脑儿塞在一起；白大爷，您想想这股气味可是叫人受得了的？

傅　您在那篓子里住了多久呢？

福　别急，大爷，您听我说下去，就可以知道我为了您的缘故去勾引这个妇人，吃过了多少的苦。她们把我这样装进了篓子以后，就叫两个混蛋仆人把我当做一篓脏衣服，扛到洗衣服的那里去；他们刚把我抬上肩走到门口，就碰见他们的主人，那个醋天醋地的家伙，问他们这里面装的是什么东西；我怕这个疯子真的要搜起篓子来，吓得浑身乱抖，可是命运注定他要做一个忘八，居然他没有搜；好，于是他就到屋子里去搜查，我也就冒充着脏衣服出去啦。可是白大爷，您听着，还有下文哪。我一共差不多死了三次：第一次，因为碰在这个吃醋的忘八羔子手里，把我吓得死去活来；第二次，我让他们把我塞在篓里，像一柄插在鞘子里的宝剑一样，头朝地，脚朝天，再用那些油腻得恶心的衣服把我闷起来，您想，像我这样胃口的人，本来就是像牛油一样遇到了热气会溶化的，不闷死才是侥天之幸；到末了，脂油跟汗水把我煎得半熟以后，这两个混蛋仆人就把我像一个滚热的出笼包子似的，向泰姆士河里丢了下去，白大爷，您想，我简直像一块给铁匠打得通红的马蹄铁，放下水里，连河水都滋拉拉的叫起来呢！

傅　爵爷，您为我受了这许多苦，我真是抱歉万分。这样看来，我的希望是永远达不到的了，您未必会再去一试吧？

福　白大爷，别说他们把我扔在泰姆士河里，就是把我扔在火山洞里，我也不会就此把她放手的。她的男人今天早上打鸟去了，我已经又得到了她的信，约我八点到九点之间再去。

傅　现在八点钟已经过了，爵爷。

福　真的吗？那么我要去赴约了。您有空的时候再来吧，我一定会让您知道我进行得怎样；总而言之，她一定会到您手里的。再见，白大爷，您一定可以得到她；白大爷，您一定可以叫傅德做一个大忘八。（下）

傅　哼！嘿！这是一场梦景吗？我在做梦吗？我在睡觉吗？傅德，醒来！醒来！你的最好的外衣上有了一个窟窿了，傅大爷！这就是娶了妻子的好处！这就是洗衣服篓子的用处！好，我要让他知道我究竟是什么人；我要现在就去把这奸夫捉住，他在我的家里，这回一定不让他逃走，他一定逃不了。也许魔鬼会帮助他躲起来，这回我一定要把无论什么希奇古怪的地方都一起搜到，连胡椒瓶子都要倒出来看看，看他躲得到那里去。忘八虽然已经做定了，可是我不能就此甘心呀；我要叫他们看看，忘八也不是好欺侮的。（下）

第四幕

不要看我们一味胡闹，这蠢猪是他自取其殃；我们要告诉世人知道，风流的娘儿不一定轻狂。

第一场 街道

【裴大娘，快嘴桂嫂，及裴威廉上。

裴妻 你想他现在是不是已经在傅家了？

桂 这时候他一定已经去了，或者就要去了。可是他因为给人扔在河里，很生气哩。傅大娘请您快点儿过去。

裴妻 等我把这孩子送上学，我就去。瞧，他的先生来了，今天大概又是放假。

【修伊文上。

裴妻 啊，修师父！今天不上课吗？

修 不上课，史少爷放孩子们一天假。

桂 真是个好人！

修 （向威）你去玩去吧。再见，裴大娘。

裴妻 再见，修师父。（修下）孩子，你先回家去。来，我们已经耽搁得太久了。（同下）

第二场 傅德家中一室

【福斯泰夫及傅大娘上。

福　娘子，你的懊恼已经使我忘记了我身受的种种痛苦。你既然这样一片真心对待我，我也决不会有丝毫亏负你；我一定会加意奉承，格外讨好，管教你心满意足就是了。可是你相信你的丈夫这回一定不会再来了吗？

傅妻　好爵爷，他打鸟去了，一定不会早回来的。

裴妻　（在内）喂！傅嫂子！喂！

傅妻　爵爷，您进去一下。（福下）

【裴大娘上。

裴妻　啊，心肝！你屋子里还有什么人吗？

傅妻　没有，就是自己家里几个人。

裴妻　真的吗？

傅妻　真的。（向裴妻旁白）说响一点。

裴妻　真的没有什么人，那我就放心啦。

傅妻　为什么？

裴妻　为什么，我的奶奶，你那汉子的老毛病又发作啦。他正在那儿拉着我的丈夫，痛骂那些有妻子的男人，皂白不分地咒骂着天下所有的女人，还把拳头捏紧了敲着自己的额角。无论什么疯子狂人，比起他这种疯狂的样子来，都会变成顶文雅顶安静的人。那个胖武士不在这儿，真是运气！

傅妻　怎么，他又说起他吗？

裴妻　不说起他还说起谁？他发誓说上次他来搜他的时候，他是给装在篓子里扛出去的；他一口咬定说他现在就在这儿，一定要叫我的丈夫和同去的那班人停止了打鸟，陪着他再来试验一次他疑心得对不对。我真高兴那武士不在这儿，这回他该明白他自己的傻气了。

傅妻　裴嫂子，他离开这儿有多少远？

裴妻　只有一点点路，就在街的底头，一会儿就来了。

傅妻　完了！那武士正在这儿呢。

裴妻　那么你的脸要丢尽，他的命也保不住啦。你真是个宝货！快打发他走吧！快打发他走吧！丢脸还是小事，弄出人命案子来可不是耍。

傅妻 叫他到那儿去呢？我怎样把他送出去呢？还是把他装在篓子里吗？

【福斯泰夫重上。

福 不，我再也不躲在篓子里了。还是让我趁他没有来，赶快出去吧。

裴妻 唉！傅德的三个弟兄手里拿着枪，把守着门口，什么人都不让出去；否则你倒可以溜了出去的。可是你干么又要到这儿来呢？

福 那么我怎么办呢？还是让我钻到烟囱里去吧。

傅妻 他们平常打鸟回来，鸟枪里剩下的弹子都是望烟囱里放的。

裴妻 还是灶洞里倒可以躲一躲。

福 在什么地方？

傅妻 他一定会找到那个地方的。他已经把所有的柜啦，橱啦，板箱啦，皮箱啦，铁箱啦，地窖啦，以及诸如此类的地方，一起记在笔记簿上，只要照着目录一处处搜寻起来，总会把您搜到的。

福　那么我还是出去。

裴妻　爵爷，您要是就照您的本来面目跑出去，那您休想活命。除非化装一下，——

傅妻　我们把他怎样化装起来呢？

裴妻　唉！我不知道。那里找得到一身像他那样身材的女衣服？否则叫他戴上一个帽子，披上一条围巾，头上罩一块布，也可以混了出去。

福　好心肝乖心肝，替我想想法子。只要安全无事，什么丢脸的事我都愿意干。

傅妻　我家女用人的姑母，就是那个住在勃伦府的胖婆子，倒有一件罩衫在这儿楼上。

裴妻　对了，那正好给他穿，她的身材是跟他一样大的；而且她的那顶粗呢帽和围巾也在这儿。爵爷，您快奔上去吧。

傅妻　去，去，好爵爷；让我跟裴嫂子再给您找一方包头的布儿。

裴妻　快点，快点！我们马上就来给您打扮，您先把那罩

衫穿上再说。（福下）

傅妻 我希望我那汉子能够瞧见他扮成这个样子；他一见这个勃伦府的老婆子就眼中出火，他说她是个妖妇，不许她走进我们家里，说是一看见她就要打她。

裴妻 但愿上天有眼，让他尝一尝你丈夫的棍棒的滋味！但愿那棍棒落在他身上的时候，有魔鬼附在你丈夫的手里！

傅妻 可是我那汉子真的就要来了吗？

裴妻 真的，他还在说起那篓子呢，也不知道他那里得来的消息。

傅妻 让我们再试他一下。我仍旧去叫我的仆人把那篓子扛到门口，让他看见，就像上一次一样。

裴妻 可是他立刻就要来啦，还是先去把他装扮做那个勃伦府的巫婆吧。

傅妻 我先去吩咐我的仆人，叫他们把篓子预备好了。你先上去，我马上就把他的包头布带上来。（下）

裴妻 该死的狗东西！这种人就是作弄他一千次也不算罪过。

不要看我们一味胡闹，

这蠢猪是他自取其殃；

我们要告诉世人知道，

风流的娘儿不一定轻狂。（下）

【傅大娘率二仆重上。

傅妻 你们再把那篓子扛出去；大爷快要到门口了，他要是叫你们放下来，你们就听他的话放下来。快点，马上就去。（下）

甲仆 来，来，把它扛起来。

乙仆 但愿这篓子里不要再装满了武士才好。

甲仆 我也希望不再像前次一样；扛一篓的铅都没有那么重哩。

【傅德，裴琪，夏禄，凯易斯，及修伊文同上。

傅 不错，裴大爷，可是要是真有这回事，您还有法子替我洗去污名吗？狗才，把这篓子放了来；又有人来拜访过我的妻子了。把年青的男人装在篓子里进进出出！你们这两个混账的家伙也不是好东西！你们都是串通了一气来算计我的。现在这个鬼可要叫他出丑了。喂，我的太太，你出来！瞧瞧你给他们洗些什么好衣服！

裴　这真太过分了！傅大爷，您要是再这样疯下去，我们真要把您铐起来了，免得闹出什么乱子来。

修　哎哟，这简直是发疯！像疯狗一样的发疯！

夏　真的，傅大爷，这真的有点儿不大好。

傅　我也是这样说哩。——

【傅大娘重上。

傅　过来，傅大娘，咱们这位贞洁的妇人，端庄的妻子，贤德的人儿，可惜嫁给了一个爱吃醋的傻瓜！娘子，是我无缘无故瞎起疑心吗？

傅妻　天日为证，你要是疑心我有甚么不规矩的行为，那你的确太会多心了。

傅　说得好，不要脸的东西！你尽管嘴硬吧。过来，狗才！（翻出篓中衣服）

裴　这真太过分了！

傅妻　你好意思吗？别去翻那衣服了。

傅　我就会把你的秘密揭破的。

修　这简直是岂有此理。还不把你妻子的衣服拿起来吗？去吧，去吧。

傅　把这篓子倒空了！

傅妻　为什么呀，傻子，为什么呀？

傅　裴大爷，不瞒您说，昨天就有一个人装在这篓子里从我的家里扛出去，谁知道今天他不会仍旧在这里面？我相信他一定在我家里，我的消息是绝对可靠的，我的疑心是完全有根据的。给我把这些衣服一起拿出来。

傅妻　要是你在这里面找得出一个男人来，那除非他是一头虱子。

裴　那里有什么人在里面。

夏　傅大爷，这真的太不成话了，真的太不成话了。

修　傅大爷，您应该常常祷告，不要随着自己的心一味胡思乱想；吃醋也没有这样吃法的。

傅　好，他没有躲在这里面。

裴　除了在您自己脑子里以外，您根本就找不到这样一

个人。（二仆将篓扛下）

傅　帮我再把我的屋子搜这一次，要是再找不到我所要找的人，你们尽管把我嘲笑得体无完肤好了；让我永远做你们餐席上谈笑的资料，要是人家提起吃醋的男人来，就把我当作一个现成的例子，因为我会在一枚空的核桃壳里找寻妻子的情人。请你们再帮我这一次忙，跟我搜一下，好让我死了心。

傅妻　喂，裴嫂子！您陪着那位老太太下来吧；我的丈夫要上楼来了。

傅　老太太！那里来的老太太？

傅妻　就是我家女仆的姑妈，住在勃伦府的那个老婆子。

傅　哼，这妖妇，这贼老婆子！我不是不许她走进我的屋子里吗？她又是给什么人带信来的，是不是？我们都是头脑简单的人，不懂得求神问卜这些顽意儿；什么画符念咒起课这一类鬼把戏，我们全不懂得。快给我滚下来，你这妖妇，鬼老太婆！滚下来！

傅妻　不，我的好大爷！列位大爷，别让他打这可怜的老婆子。

【裴大娘偕福斯泰夫女装重上。

裴妻　来，老婆婆；来，搀着我的手。

傅　（打福）滚出去，你这妖妇，你这贱货，你这臭猫，你这鬼老太婆！滚出去！滚出去！（福下）

裴妻　你羞不羞？这可怜的妇人差不多给你打死了。

傅妻　欺负一个苦老太婆，真有你的！

傅　该死的妖妇！

修　我想这妇人的确是一个妖妇；我不欢喜出胡须的女人，我看见她的围巾下面露出几根胡须呢。

傅　列位，请你们跟我来好不好？看看我究竟是不是瞎起疑心。要是我完全无理取闹，请你们以后再不要相信我的话。

裴　咱们就再顺顺他的意思吧。各位，大家来。（傅，裴，夏，凯，修同下）

裴妻　他把他打得真可怜。

傅妻　这一顿打才打得痛快呢。

裴妻　我想把那棒儿放在祭坛上供奉起来，它今天立下了很大的功劳。

傅妻　我倒有一个意思，不知道你以为怎样？我们横竖名节无亏，问心无愧，索性一不做，二不休，再把他作弄一番好不好？

裴妻 他吃过了这两次苦头，一定把他的色胆都吓破了；除非魔鬼盘据在他心里，大概他不会再来冒犯我们了。

傅妻 我们要不要把我们怎样作弄他的情形告诉我们的丈夫知道？

裴妻 很好，这样也可以点破你那汉子的疑心。要是他们认为这个荒唐的胖武士还有应加惩处的必要，那么仍旧可以委托我们全权办理的。

傅妻 我想他们一定要让他当着众人出一次丑；我们这一个笑话也一定要这样才可以告一段落。

裴妻 好，那么我们就去商量办法吧；我的脾气是想到就做，不让事情冷搁下去的。（同下）

第三场 嘉德饭店中的一室

【店主及巴道夫上。

巴 老板，那几个德国人要问您借三匹马；公爵明天要上朝来了，他们要去迎接他。

店主 什么公爵来得这样秘密？我不曾在宫廷里听见人家说起。让我去跟那几个客人谈谈。

巴 好，我去叫他们来。

店主 马是可以借给他们，可是我不能让他们白骑，世上没有这样便宜的事情。他们已经住了我的屋子一个星期了，我已经为了他们回绝了多少别的客人；我可不能跟他们客气，这笔损失是一定要叫他们赔偿的。来。（同下）

第四场 傅德家中一室

【裴琪，傅德，裴大娘，傅大娘，及修伊文上。

修　女人家有这样的心思，难得难得！

裴　他是同时寄信给你们两个人的吗？

裴妻　我们在一刻钟内同时接到。

傅　娘子，请你原谅我。从此以后，我一切听任你；我宁愿疑心太阳失去了热力，不愿疑心你有不贞的行动。你已经使一个对于你的贤德缺少信心的人，变成你的一个忠实的信徒了。

裴　好了，好了，别说下去了。太冒冒失失固然不好，太服服帖帖也是不对的。我们还是来商量计策吧；让我们的妻子再跟这个胖老头子约好一个时间，到了那时候，我们就去捉住他，把他羞辱一顿。

傅　她们刚才说起的那个办法，再好没有了。

裴　怎么？约他在半夜里到公园里去相会吗？嘿！他再也不会来的。

修　你们说他已经给丢在河里，还给人当做一个老婆子痛打了一顿，我想他一定吓怕了不会再来了；他的肉体已经受到责罚，他一定不敢再起欲念了。

裴 我也是这样想。

傅妻 你们只要商量商量等他来了怎样对付他，我们两人自会想法子叫他来的。

裴妻 有一个古老的传说，说是曾经在这儿温莎地方做过管林子的猎夫赫恩，常常在冬天的深夜里鬼魂出现，绕着一株橡树兜圈子，头上还长着又粗又大的角，手里摇着一串链条，发出怕人的声响；他一出来，树木就要枯黄，牲畜就要害病，乳牛的乳汁会变成血液。这一个传说从前代那些迷信的人们嘴里传下来，就好像真有这回事的一样，你们各位也都听见过的。

裴 是呀，有许多人不敢在深夜里经过这株赫恩的橡树呢。可是你为什么要提起它呢？

傅妻 这就是我们的计策：我们要叫福斯泰夫头上装了两只大角，扮做赫恩的样子，在那橡树的旁边等着我们。

裴 好，就算他听着你们这样打扮着来了，你们预备把他怎么办呢？

裴妻 那我们也已经想好了：我们先叫我的女儿安痕和我

的小儿子，还有三四个跟他们差不多大小的孩子，大家打扮做一队精灵的样子，穿着绿色的和白色的衣服，各人头上戴着一圈蜡烛，手里拿着响铃，埋伏在树旁的土坑里；等福斯泰夫跟我们相会的时候，他们就一拥而出，嘴里唱着各色各种的歌儿；我们一看见他们出来，就假装吃惊逃走了，然后让他们把他团团围住，把这龌龊的武士你拧一把，我刺一下，还要质问他为什么在这仙人们游戏的时候，胆敢装扮做那种秽恶的形状，闯进神圣的地方来。

傅妻 这些假扮的精灵们要把他拧得遍体鳞伤，还用蜡烛烫他的皮肤，直等他招认一切为止。

裴妻 等他招认以后，我们大家就一起出来，摔下他的角，把他一路取笑着回家。

傅 孩子们倒要叫他们练习得熟一点，否则会露出破绽来的。

修 我可以教这些孩儿们怎样做；我自己也要扮做一个猴儿崽子，用蜡烛去烫这武士哩。

傅 那好极啦。我去替他们买些脸具来。

裴妻 我的小安痕要扮做一个仙后，穿着很漂亮的白袍子。

裴　我去买缎子来给她做衣服。（旁白）到了那个时候，我可以叫史量德把安痕偷走，到伊登去跟她结婚。——你们马上就派人到福斯泰夫那里去吧。

傅　不，我还要用白罗克的名字去见他一次，他会把什么话都告诉我。他一定会来的。

裴妻　不怕他不来。我们这些精灵们的一切应用的东西和饰物，也该赶快预备起来了。

修　我们就去办起来吧；这是个很好玩的顽意儿，而且也是光明正大的恶作剧。（裴，傅，修同下）

裴妻　傅嫂子，你就去找桂嫂，叫他到福斯泰夫那里去，探探他的意思。（傅妻下）我现在要到凯大夫那边去，他是我中意的人，除了他谁也不能娶我的小安痕。那个姓史的虽然有家私，却是一个呆子，我的丈夫偏偏欢喜他。这医生又有钱，他的朋友在宫廷里又有势力，只有他才配做她的丈夫，即使有二万个更了不得的人来向她求婚，我也不给他们。（下）

第五场 嘉德饭店中的一室

【店主及辛普儿上。

店主 你要干么，乡下佬，蠢东西？说吧，讲吧，干干脆脆的。

辛 呃，老板，我是史量德少爷叫我来跟约翰·福斯泰夫爵士说话的。

店主 那边就是他的房间，他的公馆，他的床铺，你瞧门上新画着浪子回家故事的就是。你去敲了敲门，喊他一声，他就会跟你胡说八道。

辛 刚才有一个胖大的老妇人跑进他的房间里去，请您让我在这儿等她下来吧；我本来是要跟她说话的。

店主 哈！一个胖女人！也许是来偷东西的，让我叫他一声。喂，武士！好汉爷！你在房间里吗？使劲儿回答我，你的店主东在叫着你哪。

福 （在上）什么事，老板？

店主 这儿有一个蛮子等着你的胖婆娘下来。叫她下来，好家伙，叫她下来；我的屋子是干干净净的，不能让你们干那些鬼鬼祟祟的勾当。哼，不要脸！

【福斯泰夫上。

福　老板，刚才是有一个胖老婆子在我这儿，可是现在她已经走了。

辛　请问一声，爵爷，她就是勃伦府那个算命的女人吗？

福　对啦，螺蛳精；你问她干么？

辛　爵爷，我家主人史量德少爷因为瞧见她在街上走过，所以叫我来问问她，他有一串链条给一个叫做聂姆的骗去了，不知道那链条还在不在那聂姆的手里。

福　我已经跟那老婆子讲起过这件事了。

辛　请问爵爷，她怎么说呢？

福　呃，她说，那个从史量德手里把那链条骗去的人，就是偷他链条的人。

辛　我希望我能够当面跟她谈谈；我家少爷还叫我问她其他的事情哩。

福　什么事情？说出来听听看。

店主　对了，快说。

辛　　爵爷，我家少爷吩咐我要保守秘密呢。

店主　你要是不说出来，就叫你死。

辛　　啊，实在没有什么事情，不过是关于裴家小姐的事情，我家少爷叫我来问问看他命里能不能娶她做妻子。

福　　那可要看他的命运怎样了。

辛　　您怎么说？

福　　娶得到也是他的命，娶不到也是他的命。你回去告诉主人，就说那老妇人这样对我说的。

辛　　我可以这样告诉他吗？

福　　是的，乡下佬，你尽管这样说好了。

辛　　多谢爵爷；我家少爷听见了这样的消息，一定会十分高兴的。（下）

店主　你真聪明，爵爷，你真聪明。真的有一个算命的婆子在你房间里吗？

福　　是的，老板，她刚才还在我这儿；她教给我许多我一生从来没有学过的智慧，我不但没有化半个钱学费，而且反而她要给我酬劳呢。

【巴道夫上。

巴　　嗳哟，老板，不好了！又是骗子，净是些骗子！

店主　我的马儿呢？蠢奴才，好好儿对我说。

巴　　都跟着那些骗子们跑掉啦；一过了伊登，他们就把我从马上推下来，把我掼在一个烂泥潭里，他们就像三个德国鬼子似的，策马加鞭，飞也似的去了。

店主　狗才，他们是去迎接公爵去的。别说他们逃走，德国人都是规规矩矩的。

【修伊文上。

修　　老板在那儿？

店主　师父，什么事？

修　　留心你的客人。我有一个朋友到城里来，他告诉我有三个德国骗子，一路上骗人家的马匹金钱；里亭，梅登海，科白路，各家旅店，都上了他们的当。我是一片好心来通知你，因为你是个很乖巧的人，专爱寻人家的开心，要是你也被人家骗了，那未免太笑话啦。再见。（下）

【凯易斯上。

凯　店主东呢?

店主　凯大夫，我正在这儿心乱如麻呢。

凯　我不懂你的意思；可是人家告诉我，你正在准备着隆重招待一个德国的公爵，可是我不骗你，我在宫廷里就不知道有什么公爵要来。我是一片好心来通知你。再见。（下）

店主　狗才，快去喊拢人来捉贼去！武士，帮帮我忙，我这回可完了！快跑，捉贼！完了！完了！（店主及巴下）

福　我但愿全世界的人都受骗，因为我自己也受了骗，而且还挨了打。要是宫廷里的人听见了我怎样一次一次的化身，给人当衣服洗用棍子打，他们一定会把我身上的油一滴一滴融下来，去擦渔夫的靴子；他们一定会用俏皮话儿把我挖苦得像一头干瘪的梨儿一样丧气，自从那一次赖了赌债以后，我一直交着坏运。好，要是我在临终以前还来得及念祷告，我一定要忏悔。

【快嘴桂嫂上。

福　啊，又是谁叫你来的？

桂　除了那两个人还有谁？

福　让魔鬼跟他的老娘把那两个人抓了去吧！我已经为了她们的缘故吃过多少苦，男人本来是容易变心的，谁受得了这样的欺负？

桂　您以为她们没有吃苦吗？说来才叫人伤心哪，尤其是那位傅家娘子，天可怜见的，给她的汉子打得身上一块青一块黑的，简直找不出一处白白净净的地方。

福　什么一块青一块黑的，我自己给他打得五颜六色，浑身挂彩呢；我还险险乎给他们当做勃伦府的妖妇抓了去。要不是我急中生智，把一个老太婆的行动装扮得活灵活现，我早已给混蛋官差们锁上脚铐，办我一个妖言惑众的罪名了。

桂　爵爷，让我到您房间里去跟您说话，您就会明白一切，而且包在我身上，一定会叫您满意的。这儿有一封信，您看了就知道了。天哪！把你们拉拢在一起，真麻烦死人！你们中间一定有谁得罪了天，所以才这样颠颠倒倒的。

福　那么你跟我上楼，到我房间里来吧。（同下）

第六场 嘉德饭店中的另一室

【范通及店主上。

店主 范大爷，别跟我说话，我一肚子都是闷，我想索性这门生意也不要做了。

范 可是你听我说。我要你帮我做一件事，事成之后，我不但赔偿你的全部损失，而且还愿意送给你黄金百镑，作为酬谢。

店主 好，范大爷，您说吧。我不知道我能不能帮您的忙，可是至少我不会泄漏秘密。

范 我曾经屡次告诉你我对于裴家安痕小姐的深切的爱情；她对我也已经表示默许了，要是她自己作得了主，我一定可以如愿以偿的。刚才我收到了她一封信，信里所说起的事情，你要是知道了，一定会拍手称奇；因为它跟我自己的事情很有关系，所以我不能不让你知道。他们的意思，是要把那胖武士福斯泰夫捉弄一番吓吓他。你瞧。（指信）听着，我的好老板，今夜十二点钟到一点钟之间，在赫恩橡树的近旁，我的亲爱的小安痕要扮成仙后的样子，为什么要这样打扮，这儿写得很明白。她父亲叫她趁着大家开玩笑开得乱哄哄的时候，跟史量德悄悄儿溜到伊登去结婚，她已经答应他了。可是她母亲是竭力反对她嫁给史量德，而决意把她嫁给凯易斯的，她也已经约好那个医生，叫他也趁着人家忙得不留心的时候，用同样的方式把她带到教长家里去，请一个牧师替他们立刻成婚；她对于她母亲的这个计策，也已经假装服从的样子，答应了那医生了。他们的计划是这样的：她的父亲要她全身穿着白的衣服，以便识认，史量德看准了时机，就搀着她的手，叫她跟着走，她就跟着他走；她的母亲为了让那医生容易辨认起见，——因为他们大家都是戴着脸罩的，——却叫她穿着宽大的浅绿色的袍子，头上系着飘扬的丝带，那医生一看有了下手的机会，便上去把她的手捏一把，这一个暗号便是叫她跟着他走的。

店主 她预备欺骗她的父亲呢，还是欺骗她的母亲？

范 我的好老板，她要把他们两人一起骗了，跟我一块儿溜走。所以我要请你费心去替我找一个牧师，十二点钟到一点钟之间在教堂里等着我，为我们举行正式的婚礼。

店主 好，您去实行您的计划吧，我一定给您找牧师去。只要把那位姑娘带来，牧师是不成问题的。

范 多谢多谢，我一定永远记住你的恩德，而且我马上就会报答你的。（同下）

第五幕

温莎的钟已经敲了十二点，
时间快要到了。好色的天
神们，照顾照顾我吧！

第一场　嘉德饭店中的一室

【福斯泰夫及快嘴桂嫂上。

福　　你别再噜哩噜苏了，去吧，我一定不失约就是了。这已经是第三次啦，我希望单数是吉利的。去吧，去吧！

桂　　我去给您弄一根链条来，再去设法找一对角来。

福　　好，去吧；别耽搁时间了。抬起你的头来，扭扭屁股走吧。（桂下）

【傅德上。

福　　啊，白大爷！白大爷，事情成功不成功，今天晚上就可以知道。请您在半夜时候，到赫恩橡树那儿去，就可以看见新鲜的事儿。

傅　　您昨天不是对我说过，要到她那儿去赴约吗？

福　　白大爷，我昨天到她家里去的时候，正像您现在看见我一样，是个可怜的老头儿；可是白大爷，我从她家里出来的时候，却变成一个苦命的老婆子了。白大爷，她的丈夫，傅德那个混蛋，简直是个吃醋鬼投胎。他欺我是个女人，把我没头没脑一顿打；可是，白大爷，要是我穿着男人的衣服，别说他是个傅德，就算他是个身长丈二的天神，拿着一根千斤重的梁柱向我打来，我也不怕他。我现在还有要事，请您跟我一路走吧，白大爷，我可以把一切的事情完全告诉您。自从我小时候偷鹅赖学抽陀螺挨打以后，直到现在才重新尝到挨打的滋味。跟我来，我要告诉您关于这个姓傅的混蛋的古怪事儿；今天晚上我就可以向他报复，我一定会把他的妻子送到您的手里。跟我来。白大爷，您就有新闻看了！跟我来。（同下）

第二场　温莎公园

【裴琪，夏禄，史量德同上。

裴　来，来，咱们就躲在这座古堡的壕沟里，等我们那班精灵们的火光出现以后再出来。史量德贤婿，记着我的女儿。

史　好，一定记着；我已经跟她当面谈过，约好了用什么口号互相通知。我看见她穿着白衣服，就上去对她说“呣”，她就回答我“不见得”，这样我们就不会认错啦。

夏　那也好，可是何必嚷什么“呣”哩，什么“不见得”哩，你只要看定了穿白衣服的人就行啦。钟已经敲十点了。

裴　天乌沉沉的，精灵和火光在这时候出现，再好没有了。愿上天保佑我们的游戏成功！除了魔鬼以外，谁都没有恶意；我们只要看谁的头上有角，就知道他是魔鬼。去吧，大家跟我来。（同下）

第三场 温莎街道

【裴大娘，傅大娘，凯易斯同上。

裴妻 大夫，我的女儿是穿绿的；您看见时机到了，便过去搀着她的手，带她到教长家里去，赶快把事情办了。现在您一个人先到公园里去，我们两个人是要一块儿去的。

凯 我知道我应当怎么办。再见。

裴妻 再见，大夫。（凯下）我的丈夫把福斯泰夫羞辱过了以后，知道这医生已经跟我的女儿结婚，一定会把一场高兴，化作满腔怒火的；可是管他呢，与其害人将来心碎，宁可眼前受他一顿骂。

傅妻 小安痕和她的一队精灵现在在什么地方？还有那个威尔斯鬼子修牧师呢？

裴妻 他们都把灯遮得暗暗的，躲在赫恩橡树近旁的一个土坑里；一等到福斯泰夫跟我们会见的时候，他们就立刻在黑夜里出现。

傅妻 那一定会叫他大吃一惊的。

裴妻 要是吓不倒他，我们也要把他讥笑一番；要是他果然吓倒了，我们还是要讥笑他的。

傅妻 咱们这回不怕他不上圈套。

裴妻 像他这种淫棍，教训教训他也是好事。

傅妻 时间快到啦，到橡树底下去，到橡树底下去！（同下）

第四场　温莎公园

【修伊文化装率扮演精灵的一群上。

修　跑，跑，精灵们，来；别忘了你们各人的词句。大家放大胆子，跟我跑下这土坑里，等我一发号令，就照我吩咐你们的做起来。来，来；跑，跑。（同下）

第五场 公园中的另一部分

【福斯泰夫顶牡鹿头扮赫恩上。

福 温莎的钟已经敲了十二点，时间快要到了。好色的天神们，照顾照顾我吧！记着，乔武大神，你曾经为了你的爱人尤绿葩的缘故，化身做一头公牛，爱情使你头上生角。强力的爱啊！它会使畜生变成人类，也会使人类变成畜生。而且，乔武大神，你为了你心爱的莉达，还化身做一头天鹅过呢。万能的爱啊！你差一点不把天神的尊容变得像一只蠢鹅！既然天神们也都是这样贪淫，我们可怜的凡人又有什么办法呢？至于讲到我，那么我是这儿温莎地方的一匹雄鹿；在这树林子里，也可以算得上顶胖的了。谁来啦？我的母鹿吗？

【傅大娘及裴大娘上。

傅妻 爵爷，你在这儿吗？我的公鹿，我的亲爱的公鹿？

福　　我的黑尾巴的母鹿！让天上落下马铃薯般大的雨点来吧，让它大锣大鼓般的响起雷来吧，只要让我躲在你的怀里，什么大风大雨我都不怕。（拥抱傅妻）

傅妻　裴嫂子也跟我一起来呢，好人儿。

福　　那么你们把我切开来，各人分一条大腿去，留下两块肋条肉给我自己，肩膀肉赏给那看园子的，还有这两只角，送给你们的丈夫做个纪念品吧。哈哈！你们瞧我像不像猎人赫恩？邱必特是个有良心的孩子，现在他让我尝到甜头了。我用鬼魂的名义欢迎你们！（内喧声）

裴妻　嗳哟！什么声音？

傅妻　天老爷饶恕我们的罪过吧！

福　　又是什么事情？

傅妻，裴妻　快逃！快逃！（二人奔下）

福　　我想多分是魔鬼不愿意让我下地狱，因为我身上的油太多啦，恐怕在地狱里惹起一场大火来，否则他不会这样一次一次的跟我捣蛋。

【修伊文乔装林神萨脱[1]，毕斯托扮小妖，裴安痕扮仙后，裴威廉及若干儿童各扮精灵侍从，头插小蜡烛，同上。

安　黑的，灰的，绿的，白的精灵们，
月光下的狂欢者，黑夜里的幽魂，
你们是没有父母的造化的儿女，
不要忘记了你们各人的职务。
传令的小妖，替我向众精灵宣告。

毕　众精灵，静听召唤，不许喧吵！
蟋蟀儿，你去跳进人家的烟囱，
看他们炉里的灰屑有没有扫空；
我们的仙后最恨贪懒的婢子，
看见了就把她拧得浑身青紫。

福　他们都是些精灵，谁要是跟他们说话，就不得活命；让我闭上眼睛躲起来吧，神仙们的事情是不许凡人窥看的。（俯伏地上）

---

①萨脱（Satyr），希腊罗马神话中山林神祇的一族，耳尾腿均类山羊，头有小角。——译者注

修　皮特那里？你去看有谁家的姑娘，
念了三遍祈祷方才睡上眠床，
你就悄悄儿替她把妄想收束，
让她睡得像婴儿一样甜熟；
谁要是临睡前不思量自己的过处，
你要叫他们腰麻背疼，手脚酸楚。

安　去，去，小精灵！
把温莎古堡内外搜寻：
每一间神圣的华堂散播着幸运，
让它巍然卓立，永无毁损，
祝福它宅基巩固，门户长新，
辉煌的大厦恰称着贤德的主人！
每一张尊严的宝座用心扫洗，
洒满了祓邪垢的鲜花香水，
祝福那文椽绣瓦，画栋雕梁，
千秋万岁永远照耀着荣光！
每夜每夜你们手搀手在草地上，
拉成一个圆圈儿跳舞歌唱，
清晨的草上留下你们的足迹，

一团团葱翠新绿的颜色；
再用青紫粉白的各色鲜花，
写下了天书仙语，“清心去邪”，
像一簇簇五彩缤纷的珠玉，
草地是神仙的纸，花是神仙的符箓。
去，去，往东的向东，往西的向西！
等到钟鸣一下，可不要忘了
我们还要绕着赫恩橡树舞蹈。

修　大家排着队，大家手牵手，
二十个萤虫给我们点亮灯笼，
照着我们树阴下舞影幢幢。
且慢！那里来的生人气？

福　天老爷保佑我不要给那个威尔斯老怪瞧见，他会叫我变成一块干酪哩！

毕　坏东西！你是个天生的孽种。

安　让我用三味火把他指尖灼烫，
看他的心地是纯洁还是肮脏：
他要是心无污秽火不能伤，
哀号呼痛的一定居心不良。

毕 来，试一试！

修 来，看这木头怕不怕火薰。（众以烛烫福斯泰夫）

福 啊！啊！啊！

安 坏透，坏透，这家伙淫毒攻心！

精灵们，唱个歌儿取笑他；

围着他窜窜跳跳，拧得他遍体酸麻。

歌：

哼，罪恶的妄想！

哼，淫欲的孽障！

淫欲是一把血火，

不洁的邪念把它点亮，

痴心扇着它的火焰，

妄想把它愈吹愈旺。

精灵们，拧着他，

不要把恶人宽放；

拧他，烧他，拖着他团团转，

直等星月烛光一齐黑暗。

【精灵等一面唱歌，一面拧福斯泰夫。凯易斯自一旁上，将一穿绿衣之精灵偷走；史量德自另一旁上，将一穿白衣之精灵偷走；范通上，将裴安痕偷走。内猎人号角犬吠声，众精灵纷纷散去。福斯泰夫扯下鹿头起立。裴琪，傅德，裴大娘，傅大娘同上，将福斯泰夫捉住。

裴　嗳，别逃呀；现在您可给我们瞧见啦；难道您只好扮扮猎人赫恩吗？

裴妻　好了好了，咱们不用尽向他开玩笑啦。好爵爷，您现在喜不喜欢温莎的娘儿们？

傅　爵爷，现在究竟谁是个大忘八？白罗克大爷，福斯泰夫是个混蛋，是个混账忘八蛋；瞧他的头上还出着角哩，白大爷！白大爷，他从姓傅的那里什么好处也没有到手，只得到一只洗衣服的篓子，一顿棒儿，还有二十镑钱，那笔钱是要向他追还的，白大爷；我已经把他的马扣留起来做抵押了，白大爷。

傅妻　爵爷，只怪我们运气不好，没有缘分，总是好事多磨。以后我再不把您当做我的情人了，可是我会永远记着您是我的公鹿。

福　我现在才明白我给你们愚弄啦。原来这些都不是精灵吗？我曾经三四次疑心他们不是什么精灵，可是一则因为我自己做贼心虚，二则因为突如其来的怪事，把我吓昏了头，所以会把这种破绽百出的骗局当做真实，虽然荒谬得不近情理，也会使我深信不疑；可见一个人做了坏事，虽有天大的聪明，也会受人之愚的。

修　福斯泰夫爵士，您只要敬奉上帝，去除欲念，精灵们就不会来拧您的。

傅　说得有理，修大仙。

修　还有您的妒嫉心也要除掉了才好。

傅　我以后再不疑心我的妻子了。

福　难道我已经把我的脑子剜出来放在太阳里晒干了，所以连这样明显的骗局也看不出来吗？难道一只威尔斯的老山羊都会作弄我？罢了罢了！这也算是我贪欢好色的下场！

裴妻　爵爷，我们虽然愿意把那些三从四德的道理一脚踢得远远的，为了寻欢作乐，甘心死后落地狱，可是什么鬼附在您身上，叫您相信我们会欢喜您呢？

傅　像你这样的一只杂碎香肚？一只破叉袋？

裴妻　一个浸胖的浮尸？

裴　又老，又冷，又干枯，再加上一肚子的腌臜？

傅　像魔鬼一样到处造谣生事？

裴　一个穷光蛋的孤老头子？

傅　像个泼老太婆一样千刁万恶？

修　一味花天酒地，玩玩女人，喝喝老酒，喝醉了酒白瞪着眼睛骂人吵架？

福　好，尽你们说吧；算我晦气落在你们手里，我也懒得跟这头威尔斯山羊斗嘴了。无论那个无知无识的傻瓜都可以欺负我，悉听你们把我怎样处置吧。

傅　好，爵爷，我们要带您去看一位白罗克大爷，您骗了他的钱，却没有替他把事情办好；您现在已经吃过不少苦了，要是再叫您把那笔钱还出来，我想您一定要万分心痛的吧？

傅妻　不，丈夫，他已经受到报应，那笔钱就算了吧；冤家宜解不宜结，咱们不要逼人太过。

傅　好，咱们搀搀手，过去的事情，以后不用再提啦。

裴　武士，不要懊恼，今天晚上请你到我家里来喝杯酒儿。我的妻子刚才把你取笑，等会儿我也要请你陪我把她取笑取笑。告诉她，史量德已经跟她的女儿结了婚啦。

裴妻 （旁白）医生们，不要信他胡说。要是裴安痕是我的女儿，那么这个时候他已经做了凯易斯大夫的太太啦。

【史量德上。

史 哎哟！哎哟！岳父大人，不好了！

裴 怎么，怎么，贤婿，你已经把事情办好了吗？

史 办好了！哼，我要让葛罗斯脱人知道这件事；否则还是让你们把我吊死了吧！

裴 什么事呀，贤婿？

史 我到了伊登那边去本来是要跟裴安痕小姐结婚，谁知道她是一个又长又大笨头笨脑的男孩子；倘不是在教堂里，我一定要把他揍一顿，说不定他也要把我揍一顿。我还以为他真的就是裴安痕哩，谁知道他是邮政局长的儿子。

裴　那么一定是你看错了一个人啦。

史　那还用说吗？我把一个男孩子当做女孩子，当然是看错了人啦。要是我真的跟他结了婚，虽然他穿着女人的衣服，我是不要他的。

裴　这是你自己太笨的缘故。我不是告诉你怎样从衣服上认出我的女儿来吗？

史　我看见她穿着白衣服，便上去喊一声“呣”，她答应我一声“不见得”，正像安痕跟我预先约好的一样；谁知道他不是安痕，却是邮政局长的儿子。

修　耶稣基督！史少爷，难道您生着眼睛不会看，竟会去跟一个男孩子结婚吗？

裴　我心里乱得很，怎么办呢？

裴妻　好官人，别生气，我因为知道了你的计划，所以叫女儿改穿绿衣服；不瞒你说，她现在已经跟凯医生一同到了教长家里，在那里举行婚礼啦。

【凯易斯上。

凯　裴大娘呢？哼，我上了人家的当啦！我跟一个男孩子结了婚，一个男孩子，不是裴安痕。我上了当啦！

裴妻　怎么，你不是看见她穿着绿的衣服吗？

凯　是的，可是那是个男孩子；我一定要叫全温莎的人评个理去。（下）

傅　这可奇了。谁把真的安痕带了去呢？

裴妻　我心里怪不安的。范大爷来了。

【范通及裴安痕上。

裴妻　啊，范大爷！

安　好爸爸，原谅我！好妈妈原谅我！

裴　小姐，你怎么不跟史少爷一块儿去？

裴妻　姑娘，你怎么不跟凯大夫一块儿去？

范　你们不要吓坏了她，让我把实在的情形告诉你们吧。你们用可耻的手段，想叫她嫁给她所不爱的人；可是她跟我两个人久已心心相许，到了现在，更觉得什么都不能把我们两人拆分开来。她所犯的过失是神圣的，我们虽然欺骗了你们，却不能说是不正当的诡计，更不是忤逆不孝，因为她要避免强迫婚姻下的无数不幸的日子，这是唯一的办法。

傅　木已成舟，裴大爷您也不必发呆啦。在恋爱的事情上，都是上天亲自安排好的；金钱可以买田地，娶妻只能靠运气。

福　我很高兴，我给你们算计了去，你们的箭却也会发而不中。

裴　算了，有什么办法呢？——范通，愿上天给你快乐！拗不过来的事情，也只好将就着过去。

裴妻　好，我也不再想这样想那样了。范大爷，愿上天给您许多许多快乐的日子！官人，我们大家回家去，在火炉旁边把今天的笑话谈谈笑笑吧。

傅　很好。爵爷，您对白罗克并没有失信，因为他今天晚上真的要去陪傅大娘一起睡觉啦。（同下）

附录

关于“原译本”的说明

文/朱尚刚

朱生豪从1935年做准备工作开始，历时近十年，完成了31部莎剧的翻译工作，虽然最终未能译完全部莎翁剧作，但已经为将这位世界文坛巨匠介绍给中国人民做出了卓越的贡献。朱生豪译莎以“保持原作之神韵”为首要宗旨，他的译作也的确实现了这个宗旨，至今仍受到读者的欢迎和学界的高度评价。

朱生豪的译莎工作是在贫病交加、极端困难的情况下进行的。日本侵略者的炮火两度摧毁了他已经完成的几乎全部译稿和辛苦搜集起来的各种莎剧版本、注释本和大量参考资料，在最后为译莎而以命相搏的时候，手头“仅有的工具书，只是两本词典——牛津词典和英汉四用辞典。既无其他可以参考的书籍，更没有可以探讨质疑的师友”。而且他当时毕竟还是一个阅历不深的年轻人，虽然有着出众的才华，然而翻译作品中存在各种各样的缺陷和疏漏是完全可以想象的。

朱生豪的遗译最早于1947年由世界书局出版（收入除历史剧外的剧本27种），以后于1954年由作家出版社出版了包括全部朱生豪译作的《莎士比亚戏剧集》。上世纪60年代初期，人民文学出版社组织了一批国内一流的专家对朱译莎剧进行校订和补译，原打算在1964年纪念莎翁400周年诞辰时出版完整的《莎士比亚全集》，后因各种原因一直到1978年才得以问世。

《莎士比亚全集》的出版，是我国一代莎学大师通力合作取得的划时代的成就。经校订的朱译莎剧，在很大程度上纠正了原译本因各种主客观原因而产生的缺陷和疏漏，并体现了当时在英语语言和莎学研究上的新成果，是对朱生豪译莎事业的进一步提升和完善。我对这一代莎学前辈们的努力表示真挚的感谢和崇高的敬意！

上世纪九十年代后期，为反映新时代语言的发展和新的学术成果，译林出版社再次组织专家进行了对朱译莎剧的校订，并出版了新的校订本。

校订过程中除了对一些理解或表达方面的缺疵进行修改外，反映较多的是原译本中"漏译"的内容。实际上我相信朱生豪真正因为"疏忽"而漏译的情况即使不是绝对没有，也应该是极少的。我估计，有些地方可能是因为当时的客观条件实在太差，有些地方实在难以理解又没有任何资料可以查考，因此在不影响剧本相对顺畅性的前提下只能跳过去了。

而更多的情况下是有些内容和说法似乎有点“不雅”，朱生豪出于中国传统的思维习惯，就把这些“不雅”的东西删去了。这种做法是否合适是有待商榷的，但也在一定程度上反映了那个特定的时代，特定的阶层，特定的译者的思维方式和特征。

莎士比亚的话题是说不尽的，同样，对莎士比亚的翻译和研究也是说不尽的。经校订的朱译莎剧无疑是对原译稿的改善，但从某种意义上来说，校订者和原译者的思维定式和语言习惯难免有所不同，因此也有读者感到经校订后的译文在语言风格的一致性等方面受到了影响，还有学者对某些修改之处也提出存疑。这些也是很正常的现象，再好的校订本也需要在实践和历史中经受检验，进一步地“校订”和完善。

也是出于这样的考虑，社会上对未经“校订”的朱生豪原译本也产生了相当的兴趣，希望能看到完全体现朱生豪翻译风格，能反映那个时代的语言习惯和学术水平的原译本，看到一个本色的朱生豪译本（包括他的错漏之处）。这在我们这个多元化的社会中应该是一个合理的希求。这次中国青年出版社出版这套原译本系列，正是顺应了这样一种需求，并借此来表达对我的父亲——朱生豪诞辰100周年的纪念之情。我对此表示真挚的谢意！

译者自序

（原文收录于1947年版《莎士比亚戏剧全集》）

于世界文学史中，足以笼罩一世，凌越千古，卓然为词坛之宗匠，诗人之冠冕者，其唯希腊之荷马，意大利之但丁，英之莎士比亚，德之歌德乎。此四子者，各于其不同之时代及环境中，发为不朽之歌声。然荷马史诗中之英雄，既与吾人之现实生活相去过远；但丁之天堂地狱，复与近代思想诸多扺牾；歌德去吾人较近，彼实为近代精神之卓越的代表。然以超脱时空限制一点而论，则莎士比亚之成就，实远在三子之上。盖莎翁笔下之人物，虽多为古代之贵族阶级，然彼所发掘者，实为古今中外贵贱贫富人人所同具之人性。故虽经三百余年以后，不仅其书为全世界文学之士所耽读，其剧本且在各国舞台与银幕上历久搬演而弗衰，盖由其作品中具有永久性与普遍性，故能深入人心如此耳。

中国读者耳莎翁大名已久，文坛知名之士，亦尝将其作品，译出多种，然历观坊间各译本，失之于粗疏草率者尚少，失之于拘泥生硬者实繁有徒。拘泥字句之结果，不仅原作神味，荡焉无存，甚且艰深晦涩，有若天书，令人不能卒读，此则译者之过，莎翁不能任其咎者也。

余笃嗜莎剧，尝首尾研诵全集至十余遍，于原作精神，自觉颇有会心。廿四年春，得前辈同事詹文浒先生之鼓励，始着手为翻绎全集之尝试。越年战事发生，历年来辛苦搜集之各种莎集版本，及诸家注释考证批评之书，不下一二百册，悉数毁于炮火，仓卒中惟携出牛津版全集一册，及译稿数本而已。厥后转辗流徙，为生活而奔波，更无暇晷，以续未竟之志。及三十一年春，目观世变日亟，闭户家居，摈绝外务，始得专心壹志，致力译事。虽贫穷疾病，交相煎迫，而埋头伏案，握管不辍。凡前后历十年而全稿完成，（案译者撰此文时，原拟在半年后可以译竟。讵意体力不支，厥功未就，而因病重辍笔）夫以译莎工作之艰巨，十年之功，不可云久，然毕生精力，殆已尽注于兹矣。

余译此书之宗旨，第一在求于最大可能之范围内，保持原作之神韵；必不得已而求其次，亦必以明白晓畅之字句，忠实传达原文之意趣；而于逐字逐句对照式之硬译，则未敢赞同。凡遇原文中与中国语法不合之处，往往再四咀嚼，不惜全部更易原文之结构，务使作者之命意豁然呈露，不为晦涩之字句所掩蔽。每译一段竟，必先自拟为读者，察阅译文中有无暧昧不明之处。又必自拟为舞台上之演员，审辨语调之是否顺口，音节之是否调和。一字一句之未惬，往往苦思累日。然才力所限，未能尽符理想；乡居僻陋，既无参考之书籍，又鲜质疑之师友。谬误之处，自知不免。所望海内学人，惠予纠正，幸甚幸甚！

原文全集在编次方面，不甚惬当，兹特依据各剧性质，分为“喜剧”、“悲剧”、“杂剧”、“史剧”四辑，每辑各自成一系统。读者循是以求，不难获见莎翁作品之全貌。昔卡莱尔尝云，“吾人宁失百印度，不愿失一莎士比亚。”夫莎士比亚为世界的诗人，固非一国所可独占；倘因此集之出版，使此大诗人之作品，得以普及中国读者之间，则译者之劳力，庶几不为虚掷矣。知我罪我，惟在读者。

生豪书于三十三年四月。

图书在版编目（CIP）数据

温莎的风流娘儿们 /（英）莎士比亚 (Shakespeare,W.) 著；
朱生豪译．—北京：中国青年出版社，2013.4
（新青年文库·莎士比亚戏剧朱生豪原译本全集）
ISBN 978-7-5153-1484-6

Ⅰ. ①温… Ⅱ. ①莎… ②朱… Ⅲ. ①喜剧－剧本－英国－中世纪

Ⅳ. ① I561.33

中国版本图书馆 CIP 数据核字 (2013) 第 044465 号

书　　名：温莎的风流娘儿们
著　　者：【英】莎士比亚
译　　者：朱生豪
审　　订：朱尚刚
责任编辑：庄庸　王昕
特约策划：张瑞霞
特约编辑：于晓娟
出版发行：中国青年出版社
社　　址：北京东四十二条 21 号
邮政编码：100708
网　　址：www.cyp.com.cn
门 市 部：(010) 57350370
印　　刷：三河市君旺印刷厂
经　　销：新华书店

开　　本：700×1000　1/32
印　　张：5.25
字　　数：150 千字
版　　次：2013 年 6 月北京第 1 版印刷
印　　次：2013 年 6 月河北第 1 次印刷
印　　数：0,001–4,000 册
定　　价：19.80 元

本图书如有印装质量问题，请凭购书发票与质检部联系调换
联系电话：(010) 57350337